Else Ury

Nesthäkchen und ihre Puppen

Der Text wurde weder sprachlich modernisiert, noch der neuen geltenden Rechtschreibung angepasst, um das Charaktermerkmal nicht zu verletzen.

Else Ury

Nesthäkchen und ihre Puppen

Ausgabe im SoTo Verlag, 2016
Bielatalstraße 14, 01824 Königstein

Vollständig und neu gesetzt durch Sandra Oelschläger
Herausgeber der Klassik-Reihe: Sandra Oelschläger

Umschlaggestaltung unter Verwendung von Bildern,
die der Creative Commons CC0 unterliegen.

Druck und Bindung:
CreateSpace | 4900 LaCross Road | North Charleston, SC 29406

ISBN Print 978-1519507051
ISBN Print Großdruck 978-1537775609
ISBN EPUB 9788892521629

www.buch-klassiker.de

Nach einer Ausgabe von:

Meidinger's Jugendschriften Verlag G.m.b.H. Berlin W. 66

Else Ury

Nesthäkchen und ihre Puppen

Eine Geschichte für kleine Mädchen

Mit vielen Textbildern und farbigen Illustrationen

nach Originalen von Franz Kuderna

ELSE URY,
NESTHÄKCHEN
UND JHRE PUPPEN

KAPITEL

1. KAPITEL.
PUPPENMÜTTERCHEN.

Habt ihr schon mal unser Nesthäkchen gesehen? Es heißt Annemarie, Vater und Mutti aber rufen es meistens »Lotte«. Ein lustiges Stubsnäschen hat unser Nesthäkchen und zwei winzige Blondzöpfchen mit großen, hellblauen Schleifen. »Rattenschwänzchen« nennt Bruder Hans Annemaries Zöpfe, aber die Kleine ist ungeheuer stolz auf sie. Manchmal trägt Nesthäkchen auch rosa Haarschleifen, und die Rattenschwänzchen als niedliche, kleine Schnecken über jedes Ohr gesteckt. Doch das kann es nicht leiden, denn die alten Haarnadeln pieken. Sechs Jahre ist Annemarie vor kurzem geworden, ihre beiden Beinchen stecken in Wadenstrümpfen und hopsen meistens. Keinen Augenblick stehen sie still, geradeso wie ihr kirschrotes Mäulchen. Das schwatzt und fragt den ganzen lieben Tag, das lacht und singt, und nur ganz selten mal verzieht es sich zum Weinen.

So sieht unser Nesthäkchen aus, und wenn ihr in Berlin lebt, könnt ihr es jeden Tag mit Fräulein in den Tiergarten gehen sehen.

In einem schönen, großen Hause wohnt Klein-Annemarie, in einer langen Straße, durch die elektrische Bahnen bimmeln. Ein Gärtchen ist vor dem Hause, aber keiner darf hinein, das erlaubt der Portier nicht. Er selbst aber kann sooft darin herumspazieren, wie er nur Lust hat, das Gras schneiden, die Beete begießen und sogar das Gitter mit schöner neuer Ölfarbe anstreichen. Darum glaubt Annemarie, daß der Portier beinahe so viel ist wie der Kaiser. Und wenn sie nicht Muttis Nesthäkchen wäre, dann würde sie am allerliebsten

Portier sein. Manchmal aber auch Konditor.

Zwei größere Brüder hat Annemarie, den wilden Klaus, der nur zwei Jahre älter ist als sie, und den großen Quartaner Hans, der sogar schon Latein kann. Ihr Hänschen liebt die Kleine über alles, wenn er sie auch öfters mal neckt, während es mit Kläuschen nur allzuoft Krieg gibt.

Ach, was ist das für ein schönes, warmes Nest, in dem das Nesthäkchen daheim ist. Wenn der Vater abgespannt von der Praxis nach Hause kommt, denn Annemaries Papa ist ein viel beschäftigter Arzt, und sein kleines Mädchen springt ihm jubelnd an den Hals, dann hat er alle Müdigkeit vergessen. Er lacht und scherzt mit ihr, ja, er setzt sie sogar auf seine Schultern und reitet mit dem jauchzenden Ding durch sämtliche Zimmer. Sagt Mutti dann: »Du verwöhnst unsere Lotte zu sehr, Vater, sie ist schon viel zu groß dazu«, dann drückt er seinen Liebling nur um so fester ans Herz und meint lächelnd: »Es ist doch unser Kleinstes!«

Wenn aber der Vater mal davon anfängt, daß es nun auch für Annemarie bald Zeit sei, in die Schule zu gehen, dann breitet Mutti ihre Arme um das Töchterchen und bittet: »Laß sie mir doch noch ein Weilchen zu Hause, sie ist ja so zart und doch unser Nesthäkchen!«

Ja, Nesthäkchen wird von allen Seiten ein wenig verwöhnt. Wenn Fräulein auch noch so viel zu tun hat, sie wird nicht müde, Annemies tausend Fragen zu beantworten. Dafür hat die Kleine aber auch ihr Fräulein ganz schrecklich lieb.

Hanne, die Köchin, schmunzelt über das breite, rote Gesicht, wenn Annemie ein bißchen zu ihr in die Küche herauskommt, weil sich die Hanne so ganz allein am Ende langweilen könnte. Ob das kleine Fräulein ihr auch noch so zwischen ihren Töpfen, Löffeln und Quirlen kramt, Hanne wirft Annemarie nicht raus. Dabei macht sie doch mit den beiden Jungen nicht viel Umstände und bringt sie öfters mal auf den Trab. Auch Frida, das Stubenmädchen, läßt sich die Gesellschaft der Kleinen beim Plätten, Maschinenähen und Stubenbohnern gern gefallen.

Der gute Bruder Hans findet trotz seiner vielen Schularbeiten noch Zeit, dem Schwesterchen Schiffchen zu machen und Kreiselstöcke zu fabrizieren.

Nur Klaus meint, daß Annemie zu sehr verwöhnt wird und ist für strengere Erziehung. Aber meistens endigt diese mit einer Balgerei.

Puck, das niedliche Zwerghündchen, und Mätzchen, das zitronengelbe Vögelchen, zeigen ebenfalls eine besondere Vorliebe fürs Nesthäkchen. Puck läßt sich geduldig von ihm Ohren und Schwänzchen zausen und ist stets zu allen Spielen bereit. Mätzchen aber singt jubelnd mit der Kleinen um die Wette.

Wer aber, glaubt ihr wohl, hat Klein-Annemarie am liebsten im ganzen Hause? Vater und Mutti natürlich, und dann - alle ihre Puppen.

Die ziehen den Mund vor Freude von einem Ohr zum andern, sobald das kleine Mädchen in die Kinderstube tritt. Was ist Annemie aber auch für ein gutes Puppenmütterchen! Jedes Kind ihrer zahlreichen Puppenfamilie hat sie in ihr zärtliches Herz geschlossen.

Da ist zuerst Irenchen, das ist ihre Älteste, denn sie besitzt schon eine Schulmappe mit Schiefertafel und Heften. Irenchen macht ihrer kleinen Mama jetzt viel Sorge. Sie hat ihre schönen roten Backen verloren, seitdem Nesthäkchen ihr neulich das Gesicht mit Bimsstein abgescheuert hat. Das Puppenkind sollte zum erstenmal mit Tinte schreiben, und hatte dabei die Nase zu tief in das Schulheft gesteckt, über und über hatte sie sich mit Tinte eingeschmiert, das unbedachtsame Irenchen, und die weiße Schürze ihrer kleinen Mama dazu. Annemarie schalt auf Irenchen, und Fräulein schalt auf Annemie. Fräulein begann Annemies Tintenschürze mit Zitrone zu bearbeiten, und Annemie das Tintengesicht ihres Irenchens mit Bimsstein. Au - tat das weh! Irenchen schrie wie am Spieß. Aber energisch rubbelte Nesthäkchen weiter, denn »wer nicht hören will, muß fühlen«. Ganz blaß ist das arme Puppenkind noch davon, und Annemie meint bekümmert zu Fräulein: »Ich glaube, die Schulluft bekommt dem Kinde nicht!«

Auch um Mariannchen, das zweite Töchterchen, sorgt sich Nesthäkchen. Die Kleine hat seit einigen Tagen eine schwere Augenkrankheit und muß sicher nächstens in eine Puppenklinik. Die Schlafaugen sind fest zugeklebt und gehen nicht mehr auf. Und das schlimmste ist, daß die kleine Mama selbst die Schuld an der Krankheit trägt. Oder vielmehr Klaus, denn der hat ihr geraten, dem Kinde richtige Wimpern mit flüssigem Gummi anzukleben. Und nun sind Mariannchens Augen ganz verkleistert, oder vielmehr »vereitert«, wie der vierbeinige Doktor Puck mit bedenklichem Schwanzwedeln feststellte.

Ja, solch kleines Puppenmütterchen hat schon seine Sorgen mit soviel Jören! Der Puppenjunge Kurt ist ein furchtbar wilder Strick, kein Tisch ist ihm zu hoch, um davon herunterzuspringen. Bald zerschlägt er sich die Nase, bald hat er ein tiefes Loch im Kopf, und einen halben Fuß hat er sich auch schon abgeschlagen, der Schlingel.

Die schwarze Lolo, das Negerkind, muß wohl die Unsauberkeit und Unordentlichkeit aus ihrer Heimat

Afrika mitgebracht haben. Wenn Annemarie sie eben erst sauber angezogen hat, im nächsten Augenblick hat sie sich schon wieder schmutzig gemacht. Bald verliert sie einen Schuh, bald einen Strumpf. Neulich sogar die Höschen! Mitten im Tiergarten war's, Klein-Annemarie hat sich schrecklich geschämt, denn sehr weiß waren sie auch nicht mehr.

Am bravsten ist noch Baby. Das läßt seine Mama die ganze Nacht ruhig schlafen, höchstens am Tage schreit es mal, aber auch nur, wenn es allzusehr auf den Bauch gedrückt wird. Annemie verzieht Baby ein bißchen, na, dafür ist es ja auch ihr Nesthäkchen.

Aber trotz aller ihrer Fehler liebt Annemarie ihre Kinder wie eine richtige kleine Mama. Den ganzen Tag plagt sie sich für sie. Kaum hat sie morgens früh Irenchen in die Schule gebracht und die anderen angezogen, verlangt Baby auch schon nach seinem Fläschchen. Dann sind die Betten der Kinder zu machen, die beiden Großen schlafen in dem weißen Himmelbett, die beiden Kleinen, Lolo und Baby, im Wagen, und Kurt in der umgekippten Fußbank. Die ist wenigstens nicht so hoch, wenn er rausfällt.

Beim Aufräumen der Kinderstube hilft Nesthäkchen Fräulein fleißig; es hat einen kleinen Besen mit Schaufel und einen Schrubber nebst Eimer und Scheuertuch. Auswischen tut Annemie für ihr Leben gern. Aber Fräulein erlaubt es nicht oft, denn sie setzt die ganze Stube dabei unter Wasser, es gibt jedesmal eine Überschwemmung. Beinahe wäre neulich ihr Kurt, der sich unterm Spielschrank versteckt hatte, dabei ertrunken.

Eine reizende Puppenküche hat Klein-Annemarie, mit Kohlenkasten, Wasserleitung und Spiritusherd, aber Mittagbrot kochen kann sie ihren Kindern nur, wenn's regnet. Die Puppen sind auch so vernünftig, bei schönem Wetter keinen Hunger zu haben. Sie wissen, daß ihre kleine Mama, wenn die Sonne scheint, in den Tiergarten spazierengehen muß. Oft nimmt Nesthäkchen eins oder zwei ihrer Kinder mit und fährt sie in dem feinen weißen Puppenwagen mit der rosa Seidendecke aus. Dann setzt sie ihnen Spinat vor, frisch gepflückt vom Rasen. Auch Kieselsteinbraten vertragen sie merkwürdig gut, wenn er auch noch so zäh ist.

Die armen Zuhausegelassenen aber werden in ihr Gärtchen, aufs Blumenbrett, gesetzt, damit sie auch ein bißchen Luft schnappen. Nur Kurt nicht, der Bengel ist zu wild und würde sicher in den Hof herunter Purzelbaum schießen.

Auch waschen und plätten muß Annemie für ihre Kleinen, ja, sie verbrennt sich sogar die Händchen dabei vor lauter Eifer. Denn das kleine Plätteisen wird auf dem Herd heiß gestellt, anders tut das Hausmütterchen es nicht.

Nächstens soll auch große Puppenschneiderei stattfinden, Annemarie hat zu ihrem Geburtstag eine allerliebste kleine Nähmaschine bekommen. Fräulein will ihr zeigen, wie man darauf näht. Dabei hat sie auch noch den Kaufmannsladen und die Mehlhandlung zu bedienen, wenn Klaus gerade keine Lust dazu hat, oder wenn sie sich beide gezankt haben.

Und Mutti will ihr Nesthäkchen doch auch ein bißchen um sich haben, wirklich, Annemarie weiß oft gar nicht, was sie von all ihren vielen Arbeiten zuerst machen soll.

Sie kann sich gar nicht denken, daß es kleine Mädchen gibt, die sich manchmal langweilen.

2. Kapitel. Was der Osterhase bringt.

Es war am Ostersonntag, ganz früh am Morgen. Golden schien die liebe Sonne vom Himmel, gerade in Nesthäkchens Kinderstube hinein.

Die Puppen lagen alle noch in festem Schlaf. Kurt schnarchte wie ein Murmeltier, und auch Lottis Fräulein schlief noch.

Nanu - die Sonne begann erstaunt zu blinzeln - was sollte denn das bedeuten?

Aus dem weißen Kinderbett in der Ecke sprang, vorsichtig nach dem schlafenden Fräulein herüberschauend, ein kleiner Hemdenmatz mit zwei blonden Rattenschwänzchen. Eins, zwei, drei, huschte er leise durch das Zimmer, geradeswegs zum Fenster, und kletterte dort behutsam auf den Kinderstuhl.

Was hatte denn Nesthäkchen bloß in aller Herrgottsfrühe schon auf den Hof hinunterzugucken? Die Portierkinder, mit denen sie gut Freund war, schliefen doch noch alle.

Die Sonne machte ein mißbilligendes Gesicht. Den Tod konnte sich das barfüßige kleine Ding ja bei seiner Frühpartie holen oder doch wenigstens einen tüchtigen Schnupfen.

Nein, das gab die liebe Sonne nicht zu, daß Klein-Annemarie an den Osterfeiertagen krank im Bette liegen mußte.

Schnell nahm sie ein paar ihrer spitzen Goldstrahlen und begann Fräulein damit unter die Nase zu krabbeln, einmal und noch einmal.

»Hatschi!« nieste Fräulein und schlug die Augen auf. Da sah sie zu ihrer Verwunderung am Fenster auf dem Kinderstuhl ein ausgekniffenes Hemdenmätzchen thronen, das Stubsnäschen gegen die Scheiben gepreßt.

»Kind - Annemie - willst du wohl gleich wieder ins Bett, es ist ja noch nicht mal sechs!« rief sie ärgerlich.

»Ach, Fräulein,« Annemarie fuhr erschreckt zusammen, »warum bist du bloß aufgewacht! Ich wollte doch so schrecklich gern mal den Osterhasen sehen, ob er auch recht viel Eier für mich hat.«

»Wenn du so unartig bist und heimlich aus dem Bett kletterst, bringt dir der Osterhase überhaupt keine Eier. Der kommt nur zu artigen Kindern. Flink zurück ins Bettchen, Annemie, daß du nicht etwa krank wirst«, mahnte Fräulein.

»Woher weiß der Osterhase denn, ob ich artig bin?« erkundigte sich das Barfüßchen.

»Er läßt es sich von allen Muttis und Fräuleins erzählen«, gähnte Fräulein.

»Hat er dich auch schon danach gefragt?«

»Ja-a-a-u-uh«, Fräulein gähnte herzbrechend.

»Wann denn?« Nesthäkchen spitzte die Ohren.

»Hör' jetzt endlich mit dem ewigen Gefrage auf und gehe in dein Bett, Annemie, oder soll ich erst böse werden?«

»Nein, nein, aber mein liebstes, bestes, allersüßestes Zuckerfräulein, sag' mir doch bloß noch, wann der Osterhase dagewesen ist, dann gehe ich auch gleich wieder artig ins Bett«, schmeichelte die Kleine.

»Heute nacht.« Fräulein konnte den Bitten der kleinen Schmeichelkatze nicht widerstehen.

»Heute nacht, da hast du wohl mit ihm aus dem Schlaf gesprochen, Fräulein?« verwunderte sich die Kleine.

Aber als Annemie jetzt endlich den Rückzug in ihr Bettchen antreten wollte, da jauchzte sie plötzlich laut auf, daß sämtliche Puppen entsetzt aus dem

Schlaf hochfuhren, und Kurt vor Schreck fast aus seiner Fußbank gekegelt wäre.

»Fräulein, der Osterhase, da ist er, ganz deutlich habe ich ihn gesehen.« Die Kleine wies aufgeregt aus dem Fenster. Schwarz war er, und einen langen Schwanz hat er gehabt, und mit einem Satz ist er drüben über das Dach gesprungen.«

»Du Schäfchen, das war sicher der schwarze Kater von unserm Portier.« Jetzt mußte Fräulein doch lachen.

»Der Kater - bewahre - das war der Osterhase!« Annemie ließ sich so leicht nicht etwas ausreden. Auch als sie wieder im Bett lag und ihre Blauaugen gerade müde zuklappen wollten, murmelte sie noch im Einschlafen: »Und es war doch der Osterhase!«

Ein Weilchen darauf spähte die liebe Sonne aufs neue in die Kinderstube hinein, ob dort nun endlich Ruhe herrschte. Da schlief die ganze Gesellschaft wieder, und der richtige Osterhase konnte, unbeobachtet von neugierigen Kinderaugen, all seine Schokoladen- und Marzipaneier verstecken.

Das war eine schwierige Sache für Fräulein, heute Nesthäkchen anzukleiden. Sehr still hielt der kleine Wildfang ja niemals, aber heute war die Annemarie in allen vier Ecken der Kinderstube zu gleicher Zeit. Am Ende hatte Fräulein bloß nicht aufgepaßt, und der Osterhase hatte doch ein paar Eier ins Kinderzimmer gelegt.

Während Fräulein ihr die blonden Kraushärchen entwirrte, was niemals eine sehr angenehme Aufgabe war, entwischte sie ihr dreimal.

Wutsch - war sie in dem Schuhschrank drin, wo sie sämtliche Schuhe und Stiefel nach Ostereiern durchstöberte. Fräulein mit Kamm und Bürste hinterdrein.

Dann, als das erste Zöpfchen halb geflochten war, fiel es Annemie plötzlich ein, sicher würde sich etwas in der Puppenküche finden. Heidi - kramte sie auch schon dort das Unterste zu oberst, Fräulein mit Kamm und Bürste hinterdrein.

Aber als die Kleine plötzlich, gerade da die große, hellblaue Schleife das zweite Zöpfchen schmücken sollte, hast du nicht gesehen, auf den großen Tisch kletterte, um auf den Ofen nach Ostereiern zu spähen, da konnte Fräulein mit Kamm und Bürste nicht hinterdrein. Auf den Tisch konnte sie unmöglich klettern. Sie machte ein unzufriedenes Gesicht, bis Annemie sich ihrem Fräulein mit Küssen und Streicheln an den Hals hängte und versprach, sich nun aber wirklich ganz artig anziehen zu lassen. Das tat sie auch, denn so klein sie auch war, das wußte die Annemarie: Was man verspricht, muß man halten!

»Na, endlich ausgeschlafen, Lotte?« begrüßte sie der Vater, als Nesthäkchen am Kaffeetisch erschien.

»Ach, Vatchen, ich habe heute morgen schon den Osterhasen übers Dach springen sehen«, erzählte Annemarie eifrig.

»So?« fragte der Vater ernsthaft.

Der vorlaute Klaus aber rief: »Es gibt ja gar keinen Osterhasen, bist du noch ein dämliches Ding, nur ganz gewöhnliche Hasen gibt es.«

»Das ist nicht wahr, du lügst!« begehrte das Schwesterchen auf.

So etwas wollte sich der Klaus nun wieder nicht sagen lassen, er griff nach Annemies frisch geflochtenen Zöpfchen, und es wäre an dem schönen Ostersonntag wohl zu einer regelrechten Schlacht gekommen, wenn Mutti nicht gerade das Zimmer betreten hätte.

»Ei, Kinder, ist das unser Feiertagsfrieden?« fragte sie

vorwurfsvoll.

Da ließen die kleinen Kampfhähne beschämt voneinander ab, und Nesthäkchen sprang zu Mutti, um sich ihren Gutenmorgenkuß zu holen.

Gibt es wohl noch etwas Schwereres im Leben, als zwei große Tassen Kakao austrinken zu müssen, während man ganz genau weiß, daß im Nebenzimmer die schönsten Ostereier auf einen warten? Endlich - endlich war die Tasse leer, und nun war Klein-Annemarie auch nicht mehr zu halten.

»Mutti, dürfen wir jetzt - bitte, bitte, laß uns gleich Ostereier suchen!«

Und kaum hatte Mutti der kleinen Ungeduld nur ein ganz klein wenig zugenickt, bautz - da lag Nesthäkchen auch schon der Länge nach drin im Wohnzimmer unterm Sofa und strampelte vor Aufregung mit beiden Beinen.

»Hurra - hurra, drei Stück, halt, dort unterm Notenschrank ein ganz großes, da - unter der Blumentreppe wieder eins!« Annemarie blieb in einem Jubel. »Nein, Klaus, das hier habe ich zuerst gesehen, das gehört mir!« Diesmal ging es ohne Kampf zwischen den beiden ab, aber nur, weil der große Hans inzwischen eifrig weitersuchte, und dem wollten die zwei doch nicht alle andern Eier überlassen.

Gerade als Annemie ein wunderhübsches grünes Nest mit kleinen Marzipanküken bewunderte, bei dessen Auffinden der gute Vater ein wenig geholfen hatte, und als er ihr vorlas, daß auf dem angehefteten Zettelchen stand: »Für unser Nesthäkchen«, hörte man nebenan einen lauten Krach.

Klirr - da lag Muttis schöne Vase in Scherben. Der ungestüme Klaus war mit dem Kopf dagegengestoßen. Zur Strafe wurde er vom Ostereiersuchen

ausgeschlossen und in sein Zimmer geschickt. Nesthäkchen aber dachte heimlich: »Sicher hat der Osterhase das so eingerichtet, weil Klaus gesagt hat, daß es gar keinen gibt.«
Doch Annemie hatte jetzt lange nicht mehr die Freude an dem lustigen Suchen wie vorher, obgleich sie noch so viele schöne Eier fand, sogar eins mit Murmeln und eins mit Puppentäßchen gefüllt. Sie mußte immerfort daran denken, wie traurig der arme Klaus jetzt wohl im Jungenzimmer sitzen mochte. Er tat ihr ganz schrecklich leid, trotzdem er doch stets mit ihr Streit anfing.
Als kein Winkelchen mehr undurchstöbert war, und Annemarie in ihrem Körbchen fünfzehn Ostereier zählte, eine ganze Mandel, wie Fräulein sagte, schlich sie sich heimlich in das Jungenzimmer.
Klaus saß an seinem Arbeitspult und hatte die Fäuste in beide Augen gebohrt.
»Kläuschen,« die Kleine kam schüchtern näher, »sieh mal, wieviel Ostereier ich habe, da, suche dir welche davon aus, weil ich doch solche Menge gefunden habe.«
Der Junge sah erstaunt auf. Zuerst glaubte er, Annemie mache nur Spaß, aber als das gute Schwesterchen ihm wirklich ihr Körbchen hinhielt, nahm er sich das Ei mit den Murmeln heraus und streichelte Annemies rundes Gesichtchen.
»Du bist ein guter Kerl!« sagte er dabei.
Nun erst hatte Nesthäkchen volle Freude an den Gaben des Osterhasen, weil auch Klaus sich freuen konnte. Jubelnd tanzte das kleine Mädchen durch die ganze Wohnung.
»Hanne, ich habe eine ganze Mandel Ostereier gefunden!« so klang es zur Küchentür hinein, und im

nächsten Augenblick sprang Annemie der mit dem Besen vorüberfegenden Frida huckepack auf den Rücken:»Fridachen, wenn Sie mich ein bißchen mit der Teppichmaschine auskehren lassen, schenke ich Ihnen eins von meinen fünfzehn Ostereiern.«
Aber sie hatte keine Zeit mehr, Fridas Antwort abzuwarten, denn Puck mußte doch erfahren, daß sie zehn Schokoladeneier, vier aus Marzipan, eins mit Puppentäßchen, und dazu noch das süße Kükennest gefunden hatte. War der arme Wicht doch schon den ganzen Morgen aus dem Zimmer gesperrt worden, damit er nicht auf eigene Faust Ostereier suchen sollte und sie am Ende gar belecken.
»Puckchen, sieh mal, was ich hier habe.« Lachend kauerte Annemarie sich zur Erde und wies dem Hündchen ihre süßen Schätze. Aber Nesthäkchens Lachen wandelte sich plötzlich in Weinen, denn der undankbare Puck begnügte sich nicht mit Anschauen - schnapp - hatte er das größte Schokoladenei im Maul und verkroch sich damit unters Sofa.
»Du abscheulicher Puck!« Annemie raste weinend hinter ihm her, um ihm seinen Raub wieder abzujagen.
Aber Bruder Hans, der den kühnen Diebstahl mitangesehen und sich die Seiten vor Lachen hielt, zog sie an einem Wadenstrümpfchen wieder unter dem Sofa hervor.
»Laß der Hundetöle das Osterei, Annemie, du kannst es ja jetzt doch nicht mehr essen«, tröstete er.
Doch als Nesthäkchens Tränen weiterflossen, holte der gute Hans eins von seinen eigenen Ostereiern und legte es in Schwesterchens Korb.
Nun war endlich wieder Sonnenschein bei Klein-Annemarie. Spornstreichs ging es in die Kinderstube, um

den Puppen ihre Ostereier zu zeigen. Die fraßen ihr sicher nichts weg.

Da klingelte es.

Mutti hatte streng verboten, daß Annemie selbständig die Eingangstür öffnete, weil viele Patienten zum Vater kamen. Aber da das kleine Fräulein recht neugierig war, spähte es durch den Türschlitz, durch den die Briefe geworfen wurden. Da sah es denn einen dunkelgrünen Damenmantel und eine Hand mit einem silbergrauen Täschchen, das ihr merkwürdig bekannt vorkam. Und da die Hand überdies ein verheißungsvolles Paket hielt, fragte Nesthäkchen ganz leise durch die Tür:

»Wer ist da?«

»Der Osterhase«, klang es ebenso leise mit verstellter Stimme zurück.

»Frida - schnell - Frida, der Osterhase ist draußen!« Die Kleine konnte es nicht erwarten, bis die Tür geöffnet wurde.

Da stand zwar nicht der Osterhase, aber eine, die Annemie ebenso lieb war - Großmama.

»Guten Tag, mein Herzchen, warum läßt du denn den Osterhasen nicht rein?« Zärtlich hob Großmama das federleichte Dingelchen zu sich empor.

»Weil Mutti es nicht erlaubt, und du ja auch gar keiner bist«, lachte das Enkelchen.

»So - wenn ich kein Osterhase bin, dann kann ich dir wohl auch kein Osterei bringen?« Großmama versteckte scherzend das Paket auf dem Rücken.

»Ach, du bist meine liebste, beste Osterhasen-Großmama, aber nun zeige mir auch, bitte, bitte, was in dem Paket drin ist.« Annemie unterstützte ihre Bitten mit Streicheln und Küssen auf Großmamas grünem Mantel.

Aber dessen hätte es gar nicht einmal bedurft, denn wer in Nesthäkchens bettelnde Blauaugen sah, konnte nicht widerstehen, wenn er auch keine Großmama war.

Dauerte das lange, bis das dumme Papier endlich ab war. Ein großer Karton kam zum Vorschein. Halb ängstlich, halb erwartungsvoll hob Nesthäkchen den Deckel.

»Eine Puppe - eine Osterhasenpuppe, ach, ist die süß!« Annemie nahm die große Puppe, die ein weißes Osterhasenkäppchen mit rosaseidenen Ohren trug, glückstrahlend aus der Schachtel und gab ihr einen zärtlichen Willkommenskuß.

»Ich glaube, du freust dich gar nicht mit deinem neuen Töchterchen, du hast am Ende schon zuviel Kinder!« neckte Großmama, als sie Annemies Mutterglück sah.

»Ach, Großmuttchen, ich danke dir tausendmal,« jetzt endlich fand Nesthäkchen auch Zeit, an Großmama zum Dank emporzuangeln, »das ist mein aller-, allerschönstes Osterei!« Glückselig streichelte sie die roten Bäckchen, die blonden Löckchen und das weiße Stickereikleid mit der rosa Schärpe.

»Mutti, du hast ein neues Enkelchen bekommen.« Mit der einen Hand zog Annemarie Großmama ins Zimmer, mit der anderen streckte sie der Mutter das neugeborene Kind entgegen. Mutti wußte nicht, wen von beiden sie zuerst begrüßen sollte.

»Wie wird denn mein neues Urenkelchen heißen?« fragte Großmama.

»Nenne es doch Gertrud, nach Großmama«, schlug Mutti vor.

»Ach nee, Gertrud heißen doch nur alte Damen!« wandte Nesthäkchen ein.

»So nenne es Gerda!« Mutti wußte doch immer einen Ausweg.

Und dabei blieb es. Gerda wanderte auf Annemaries Arm in die Kinderstube und wurde Fräulein und sämtlichen Schwestern und Brüdern vorgestellt. In der Nacht aber durfte sie bei ihrer neuen Mama im weißen Kinderbett schlafen, da diese sich keine Minute von der Kleinen trennen wollte.

Baby war abgesetzt - und Gerda war von nun an Annemies Nesthäkchen.

3. KAPITEL.
WIE ES PUPPE GERDA BEI NESTHÄKCHEN GEFIEL.

Als Gerda, das Puppenkind, am nächsten Morgen ihre Schlafaugen aufschlug, schlief ihre neue kleine Mama noch. Neugierig sah Gerda sich ihr Mütterchen näher an. Mit roten Bäckchen lag es auf dem stickereibesetzten Kissen und lachte im Schlaf. Gewiß träumte es von dem neuen Kinde. Die hübsche kleine Mama gefiel dem Puppenkinde sehr, sicher würde sie es gut bei ihr haben. Gerda nahm sich vor, immer brav zu sein und Annemie nie zu ärgern. Dann aber faltete sie ihre Zelluloidhände und flüsterte:»Lieber Gott, ich danke dir, daß du mich zu einem so guten Mütterchen gebracht hast!«

Klein-Annemarie schlief noch immer, und Puppe Gerda begann sich allmählich zu langweilen.

Surr - surr - da summte eine Fliege über dem Kinderbett und setzte sich der Puppe gerade auf die Nase.

»Surr - surr - wie kommen Sie denn hierher, Fräulein?« begann die Fliege die Unterhaltung. »Ich wohne doch schon schrecklich lange, zwei ganze Tage, in der Kinderstube, aber Sie habe ich hier noch nicht erblickt.«

»Ich bin erst gestern hier eingezogen«, antwortete die Puppe schüchtern und schielte herzklopfend auf ihre Nase. Denn sie hatte in ihrem Leben noch niemals eine Fliege gesehen.

»Surr - surr - wo haben Sie denn früher gewohnt?« erkundigte sich die Fliege.

»In einer großen Pappschachtel, aber da war es lange nicht so hübsch wie hier. Stockdunkel war es darin, und die Luft war auch nicht besonders«, erzählte Puppe Gerda ein wenig zutraulicher. Und da sie sah, daß die Fliege es gut mit ihr meinte, setzte sie noch hinzu: »Ich habe es doch fein getroffen, daß ich hierher gekommen bin, nicht?«

»Sum - sum«, sagte die Fliege mal zur Abwechslung, legte eins der dünnen Vorderbeinchen an die Stirn und dachte nach. »Ja, es sind recht anständige Leute, sie geizen nicht mit Zuckerkrümelchen und hängen an die Kronen keine heimtückischen Leimbänder, an denen wir armen Fliegen zappelnd unser Leben lassen müssen. Sum - sum.«

»Nicht wahr, die kleine Annemarie ist gut?« fragte die Puppe, denn das lag ihr mehr am Herzen als Zuckerkrümel und Leimbänder.

»Freilich,« surrte es zurück, »die Annemie tut keiner Fliege etwas zuleide. Aber der Klaus, ihr älterer Bruder, vor dem nehmen Sie sich in acht, Fräulein. Das ist der gefährlichste Mensch, den ich kenne. Wenn der Sie mal fängt, quetscht er Sie zu Apfelmus, oder er reißt Ihnen mindestens ein Bein aus. Mit meiner guten, alten Tante hat er's gerade so gemacht, der Tunichtgut!«

»Ich werde ihm möglichst aus dem Wege gehen«, nahm sich die Puppe furchtsam vor. »Doch ich sah gestern abend noch einen jungen Herrn, treibt der's auch so schlimm?«

»Sum - sum - wie man's nimmt! Ganz so arg ist der Hans wohl nicht. Aber er hat manchmal eine große, bauchige Glasflasche in der Hand, damit rückt er uns armen Fliegen zu Leibe. Spiritus ist darin, der steigt uns so zu Kopf, daß wir geradeswegs in die große Flasche hineinfliegen müssen. Und wer erst einmal drin ist, der kommt nicht wieder heraus, elendiglich muß er in dem Spiritus ersaufen! Hüten Sie sich vor der Fliegenflasche, Fräulein, surr - surr!« Die Fliege summte so laut vor Empörung, daß Nesthäkchen sich zu bewegen begann.

Husch - war das Fliegchen auf und davon und Puppe Gerdas Nase leer.

Annemarie aber streckte sich und reckte sich, und dann schlug sie endlich die Augen auf.

Gerade als Puppe Gerda überlegte, ob es nicht das gescheiteste wäre, vor den bösen großen Brüdern Reißaus zu nehmen und davonzulaufen, ehe Annemie noch erwachte, fühlte sie sich von zwei weichen Kinderarmen innig umschlungen. Ein rotes Mündchen preßte sich auf den ihren, und ein warmes Herzchen pochte gegen ihren kalten Zelluloidkörper. So lieb und zärtlich, daß alle Angst vor dem fürchterlichen Klaus und vor der großen Fliegenflasche bei Gerda verflog. Wohl behütet und geborgen fühlte sich Puppe Gerda bei ihrem Mütterchen.

»Guten Morgen, mein einziges Gerdachen - hat mein Nesthäkchen denn auch schön geschlafen?« klang es ihr liebevoll entgegen.

Die Puppe nickte, denn ihr Kopf war mit Gummischnur befestigt.

»Wollen wir uns denn nun anziehen und süße Zuckermilch trinken?« fragte das sorgsame Mütterchen weiter.

Puppe Gerda lächelte erfreut. Sie hatte schon großen Durst, und Zuckermilch war ihr Leibgericht. Aber vorläufig mußte sie sich noch etwas gedulden. Denn Fräulein trat ins Zimmer, um erst mal Annemarie aufzunehmen.

Die schnitt ein Gesicht. Das dumme Anziehen - sie hatte sich so darauf gefreut, noch ein bißchen mit

ihrer Gerda im Bett zu spielen.
Da neigte sich Fräulein zu ihr herab und flüsterte ihr
etwas ins Ohr. Das kleine Mädchen wurde rot und sah verlegen auf
ihr Puppenkind. Hatte es Gerda auch bloß nicht gehört, was Fräulein
soeben gesagt hatte? Ob sie sich denn gar nicht vor
ihrem neuen Kinde schäme, und daß sie jetzt immer
sehr artig und gehorsam sein müsse, um ihrer Gerda
ein gutes Beispiel zu geben.
Nein, die Puppe machte ein ganz harmloses Gesicht
und sah respektvoll zu ihrer kleinen Mama auf.
Eins - zwei - drei - war die aus den Federn, Fräulein
sollte sie nicht umsonst gemahnt haben. Gerda wurde in die Bettecke gegen das Stickereikissen gesetzt
und durfte bei Annemies Toilette zugucken.
Und das war gut, denn Annemie nahm sich vor ihrem
neuen Kinde zusammen. Das sollte doch nicht wissen, daß seine Mama noch ab und an beim Waschen
schrie, wenn das Wasser mal besonders naß war. Fest
biß die Kleine die Zähnchen zusammen, daß ihnen
kein Laut entschlüpfte, während Fräulein den großen
Schwamm in Bewegung setzte und eklig rubbelte.
Aber als Nesthäkchen selbst beim Kämmen nur ein
einziges kleines »Au!« hören ließ, trotzdem der alte
Kamm gerade heute tüchtig ziepte, schloß auch Fräulein Puppe Gerda in ihr Herz. Denn die ganz allein hatte das Wunder zuwege gebracht.
Gerda mochte sich von ihrer kleinen Mama nun auch
nicht beschämen lassen. Als Annemarie endlich Zeit
fand, sie anzukleiden, biß auch sie ihre niedlichen
Porzellanzähnchen fest zusammen. Denn Annemie
rubbelte noch viel ekliger als Fräulein und riß noch
viel toller an den goldblonden Flachshärchen. Aber

nein - nur nicht schreien, was hätten denn auch die anderen Puppen bloß von ihr gedacht!

Die waren dem neuen Ankömmling sowieso nicht sehr freundlich gesinnt.

»Ich will angezogen werden, ich muß in die Schule, sonst kriege ich einen Tadel!« rief Irenchen schon zum drittenmal hinter der weißen Mullgardine ihres Himmelbettes hervor. Aber die Kleine hatte heute nur Auge und Ohr für ihre Gerda.

»Annemie hat mir heute noch gar keinen Umschlag auf meine schlimmen Augen gemacht, trotzdem Doktor Puck es verordnet hat«, jammerte auch Mariannchen.

»Ja, sie hat sich heute überhaupt noch nicht um uns gekümmert, aber den Zieraff mit dem blonden Flachskopf, der erst gestern gekommen ist, küßt sie in einemfort«, berichtete Irenchen, durch die weiße Mullgardine lugend, eifersüchtig. »Dabei habe ich doch viel schönere und vor allem ganz echte Zöpfe.«

»Wie sieht denn die Neue aus, ist sie denn wenigstens hübsch?« erkundigte sich Mariannchen angelegentlich. Gar zu gern hätte sie ihre verklebten Augen aufgemacht, um Puppe Gerda zu betrachten.

»Ich finde, sie sieht recht gewöhnlich aus«, meinte Irenchen geringschätzig.« Rote Backen hat sie wie ein Bauermädel; wenn man vornehm sein will, muß man so blaß sein wie ich!«

Auch in dem weißen Puppenwagen murrte es.

Lolo, das Negerkind, hatte mit der steifen Porzellanhand die Wagengardine ein wenig zur Seite geschoben, um besser sehen zu können.

Unerhört war das doch, da wusch und kämmte die kleine Puppenmama das Neugeborene, und sie selbst, die doch tausendmal schmutziger aussah und

einen Struwwelkopf aus schwarzer Wolle hatte, sie
mußte so liegen.
Aber plötzlich schrie Lolo, die ein kleines Wutteufel-
chen war, erbost los und trampelte sogar mit den Füßen gegen die Wagenwand.
»Meine Spitzenschürze - mein hübsches Sonntags-
schürzchen bindet sie dem fremden Balg um - wirst
du mir wohl meine Schürze nicht mausen!« rief sie
so laut, daß auch Baby neben ihr im Steckkissen die
Äuglein aufmachte und das Mündchen weinerlich
verzog.
»Mama - Mama,« rief Baby, »ich will mein Fläschchen
mit süßer Zuckermilch.«
Aber Klein-Annemarie hörte nicht das Weinen und
Rufen ihrer Kinder. Die fütterte gerade Puppe Gerda
mit der süßen Zuckermilch, die eigentlich Baby sonst
bekam.
»Schmeckt es dir, mein Gerdachen?« fragte sie liebevoll und tat noch einen Löffel Zucker aus der Puppenküche zu.
Die Puppe schüttelte den Kopf.
Nein, es schmeckte ihr gar nicht, trotzdem sie Zuckermilch so gern trank, und trotzdem Annemie ihr
schönstes rosa Täßchen mit Goldrand dazu genommen hatte. Wie sollte es der Gerda auch munden, da
Baby unausgesetzt nach ihrer Zuckermilch schrie? Da
Lolo immer noch über ihre gemauste Sonntagsschür-
ze schimpfte, die Annemie noch dazu mit Milch be-
kleckert hatte. Auch Irenchen gab keine Ruhe und rief
in einemfort, daß sie heute bestimmt in der Schule
nachbleiben müsse. Am liebsten hätte sich Gerda die
Ohren zugehalten, um all die häßlichen Worte, die ihr
galten, nicht zu hören. Aber das konnte sie nicht, obgleich sie eine Gelenkpuppe war.

Sie machte sich steif und wollte nicht mehr trinken, um dem armen, durstigen Baby noch ein bißchen übrigzulassen. Aber Annemarie war eine ebenso gute wie strenge Mutter.

»Wenn du nicht austrinkst, wirst du nicht groß und stark, mein Liebling«, sagte sie in demselben bestimmten Ton, mit dem Mutti sprach, wenn sie selbst mal nicht ihren Kakao trinken wollte.

Da trank Puppe Gerda gehorsam ihr rosa Täßchen aus, aber es schmeckte ihr kein bißchen.

Und als sie jetzt in den Puppenstuhl gesetzt wurde, da ward sie auch dort ihres Lebens nicht froh. Aus der umgekippten Fußbank zu ihren Füßen hob sich ein kurzlockiger Puppenjungenkopf mit einem großen Loch, und Kurt, der Nichtsnutz, bläkte ihr die Zunge heraus, soweit er nur konnte. Aber nur, weil Annemie gerade aus dem Zimmer gegangen war, um selbst ihren Kakao zu trinken.

Da kam das kleine Mädchen zum Glück zurück, und auch Fräulein mit Annemaries blauem Matrosenmantel und weißem Hütchen. Fräulein machte Annemie zum Spazierengehen fertig, und das Puppenmütterchen setzte ihrer Gerda die Osterhasenkappe mit den rosa Ohren auf.

»Nun bist du fein, mein Liebling, nun wollen wir in den Tiergarten fahren.« Damit warf Nesthäkchen Lolo aus ihrem Puppenwagen heraus, und Baby wanderte hinterdrein auf die harte Puppenkommode. Nicht einmal, daß Babys gestrickte Windelhöschen naß waren, sah die Annemarie!

In den weißen Wagen wurde Gerda gesetzt. Sie wurde sorgsam mit der rosa Seidendecke zugedeckt und bekam Irenchens schönen roten Sonnenschirm in die Hand. Noch auf der Treppe hörte Gerda das empörte

Irenchen hinter sich her schimpfen.

Da war ihr auch die Freude am Spazierengehen gestört.

Ihre kleine Mama aber schwatzte und lachte in einemfort. Die dachte mit keinem Gedanken an die armen, vernachlässigten Puppenkinder zu Hause. Sie zeigte ihrer neuen Gerda die Sehenswürdigkeiten von Berlin: Den Portier vor der Haustür, der beinah soviel war wie der Kaiser, die tutenden Autos, die Schokoladenautomaten und die goldene Puppe hoch oben auf der Siegessäule.

»Nicht wahr, es ist fein auf der Welt?« fragte sie ihre Puppe mit strahlendem Gesicht.

Die lächelte gezwungen.

O ja, es konnte einem schon gefallen, wenn nur die übrigen Puppen nicht so häßlich zu ihr gewesen wären!

»Ei, Annemie, hast du denn ganz vergessen, deine anderen Kinder heute in ihren Garten aus das Blumenbrett zu schicken?« fragte Fräulein, als sie wieder nach Haus gekommen waren.

»Ach, die alten,« lautete die gleichgültige Antwort, »ich habe ja jetzt ein neues, süßes Nesthäkchen!«

Das hörte Mutti, die gerade ins Kinderzimmer trat.

»Denk' mal, Lotte,« sagte sie ernst, »wenn ich mich nicht mehr um Hans und Klaus kümmern würde, weil ich ja dich, mein Nesthäkchen, habe! Das wäre doch traurig für die beiden, nicht?«

Die Kleine nickte und wurde rot. Dann griff sie stillschweigend nach ihren alten Puppen und spedierte eine nach der anderen in den Garten auf das Blumenbrett hinaus, sogar Kurt, den Schlingel. Aber die rechte Liebe fehlte dabei.

Auch als nachmittags, während Annemie mit ihrer

Gerda Großmama besuchte, ein Platzregen herniederprasselte, blieben die Ärmsten da draußen in dem
Hundewetter, und noch dazu ohne Schirm. Erst Frida, welche die Fenster schloß, brachte die Puppen
ganz durchweicht wieder in das Kinderzimmer zurück. Irenchen nieste, sie hatte sich einen tüchtigen
Schnupfen geholt, Mariannchen zitterte vor Kälte,
Lolo bekam Schüttelfrost, Kurt klagte über Gliederrei-
ßen, und Baby hustete.

Aber Annemie, die sonst solche gute kleine Puppenmutter gewesen, sah sich nicht einmal nach ihren
kranken Kindern um. Sie mußte ja ihrem Nesthäkchen
das Abendbrot bereiten. Muttis Mahnung war wieder
vergessen.

Gerda allein vernahm das Niesen und Husten, das
Weinen, Jammern und Schimpfen der armen Puppen.
»Die Neue muß wieder aus dem Hause - hatschi - hatschi! So'n Kiekindiewelt - so'n Dreikäsehoch!« räso-
nierte Irenchen. »Kaum hat sie ihre Nase hier in die
Kinderstube gesteckt, da hat sie uns auch schon Annemaries Liebe gestohlen. Wir wollen sie so lange ärgern, bis sie Reißaus nimmt, die fremde Krabbe - hatschi - hatschi.«

»Ich geh' ja ganz von selbst«, wollte Puppe Gerda
traurig antworten, aber da schob ihr Annemie gerade
einen Bissen Apfel in den schon geöffneten Mund.

Am Abend, als die zwei, Nesthäkchen und ihre Gerda, wieder zusammen in dem weißen Gitterbettchen
lagen, wälzte sich die Puppe ruhelos hin und her. Annemie schlief längst, aber die arme Gerda fand keinen
Schlummer.

Sollte sie heimlich davonlaufen, damit Klein-Annemarie sich wieder um ihre andern Kinder kümmern
konnte? Ach, sie hatte ja ihr Mütterchen selbst schon

so lieb, so lieb - die Trennung brach ihr fast das Herz.
Laut auf schluchzte die Puppe. Annemie regte sich.
»Warum weinst du, mein Liebling?« fragte sie im
Traum.
»Ich muß wieder fort von dir«, jammerte Gerda.
»Weshalb denn bloß?« Ganz erschreckt fragte es
Klein-Annemarie. »War ich schlecht zu dir, war ich
liederlich mit deinen Sachen, oder habe ich dich am
Ende zu sehr geziept?«
»O nein,« flüsterte die Puppe ihr ins Ohr, »du warst
sehr gut gegen mich, viel zu gut! Aber du hast deine
andern Kinder, die dich doch auch liebhaben, ganz
über mich vergessen. Die sind traurig und schimpfen
auf mich, darum ist es das beste, ich gehe wieder.«
Eine Träne kullerte Gerda über das Porzellangesicht.
»Nein, nein - ich lasse dich nicht weg«, rief Annemie
im Traum und preßte ihr Nesthäkchen fest ans Herz.
»Ich will ja wieder gut gegen meine andern Puppen
sein, Mutti hat ja auch all ihre Kinder lieb. Nur bleibe
du bei mir!«
Da nickte Puppe Gerda und lächelte unter Tränen.
Und dann schliefen sie alle beide.

4. KAPITEL.

WIR REISEN NACH AMERIKA - HURRA!

Zwei Wochen war Puppe Gerda nun schon bei ihrer kleinen Mama, und von Tag zu Tag gefiel es ihr besser. Annemarie hatte gehalten, was sie ihrer Puppe im Traume versprochen: sie war auch für ihre andern Kinder wieder ein gutes, treusorgendes Mütterchen geworden. Die Puppen waren voll Dankbarkeit gegen sie, und sie übertrugen diese auch auf Gerda. Ob sie das nächtliche Gespräch der beiden belauscht hatten, oder ob Puppe Gerdas Bescheidenheit und Freundlichkeit ihr das Herz der andern fünf gewonnen, darüber äußerten sie sich nicht.

So war wieder Frieden in die Kinderstube eingekehrt, alle hatten sie die gute Gerda liebgewonnen, und diese hätte ganz glücklich in ihrer neuen Heimat sein können, wenn - ja wenn es nicht einen im Hause gegeben hätte, vor dem sie ganz schreckliche Angst gehabt hätte. Das war nicht etwa Puck, trotzdem sie den kleinen Vierfüßler auch stets mißtrauisch von der Seite anblickte. Sogar, wenn er ihr die Hand leckte, um seine freundschaftliche Gesinnung kundzutun, sah sie ängstlich nach, ob er ihr auch keinen Finger abgebissen.

Das war auch nicht Bruder Hans mit der großen Fliegenflasche. Die konnte Gerda nicht bange machen, sie war ja viel, viel größer als die! Und Hans hatte sie und ihre kleine Mama neulich freundlich gestreichelt und hatte ihnen allen beiden Helme aus Zeitungspapier gemacht.

O nein, vor denen hatte Gerda keine Angst. Ihre Furcht galt einzig und allein demjenigen, vor dem die Fliege sie gleich am ersten Morgen gewarnt hatte: dem achtjährigen Klaus, dem gefährlichsten Menschen auf Erden.

Sobald der die Kinderstube betrat, hätte sich die Puppe am liebsten in den äußersten Winkel verkrochen, denn es gab jedesmal Streit und Geschrei.

Gleich der Empfang war wenig verheißungsvoll. Als Klaus die neue Puppe erblickte, verabfolgte er ihr erst als Willkommensgruß einen Nasenstüber. Darauf setzte er sie auf sein großes Schaukelpferd und ließ es in solch rasendem Galopp laufen, daß der armen Gerda Hören und Sehen verging. Sie wäre unfehlbar herabgestürzt

und hätte sich das Genick gebrochen, wenn nicht ihr Mütterchen Annemarie sie mit lautem Geschrei errettet hätte.

Ein andermal war es ihr noch viel schlimmer ergangen. All seine Soldaten mit Pferden und Kanonen hatte der Bösewicht gegen das Puppenkind aufmarschieren lassen.

»Feuer!« kommandierte er mit Feldherrnstimme, die Puppe Gerda durch Mark und Bein drang. Da donnerten die Kanonen, und die Papierkugeln pfiffen dem verängstigten Puppenkind nur so um den Kopf.

»Ich bin tot - mausetot geschossen!« rief sie und verlor die Besinnung.

So fand Annemarie ihr Nesthäkchen, und ihre Küsse und Tränen brachten die Lockenpuppe wieder zu sich. Die Soldaten mit ihren fürchterlichen Kanonen waren abmarschiert, aber der Krieg war deshalb noch nicht aus. Nein, der tobte nur um so toller, und zwar zwischen Klaus und Annemarie. Mit geballten Fäusten verteidigte die Kleine ihr Puppenkind, bis Fräulein dazukam und den Störenfried Klaus aus der Kinderstube beförderte.

Nun zitterte Gerda, sobald sie nur die Stimme des wilden Jungen von ferne hörte. -

Frida machte das Wohnzimmer rein, und Annemarie half. Natürlich mußte Puppe Gerda auch dabei sein. Die saß auf dem Sofa wie eine Dame und sah zu, ob die beiden auch ihre Sache gutmachten.

Frida rieb die Fenster blank, und das kleine Mädchen klopfte mit ihrem Puppenklopfer die Sessel. Lustig tanzte der Klopfer auf den Polstern herum - bum - bum - bumbumbum - das machte Spaß! Besonders weil Gerda so bewundernd zuschaute.

Aber nach einem Weilchen fand Annemarie es noch lustiger, Fenster zu putzen wie Frida. Das nasse Leder quietschte so wunderschön auf den Scheiben.

»Bitte, Fridachen, wir wollen tauschen. Ich putze die Fenster und Sie klopfen die Möbel«, schlug die Kleine vor.

»Bewahre, Annemiechen, du fällst aus dem Fenster - denke mal, zwei Treppen hoch, da kommst du nicht lebendig unten an«, sagte das Mädchen erschrocken.

»Der Portier würde mich schon auffangen, wenn er gerade unten im Garten ist«, meinte die Kleine.

»Er ist aber nicht da«, damit ließ Frida ihr Leder weiter quietschen.

»Und der liebe Gott würde schon auf mich aufpassen, daß ich nicht rausfalle«, überlegte Annemarie weiter.

»Der liebe Gott hat soviel zu tun, der kann nicht auch noch auf jedes unvorsichtige kleine Mädchen acht haben«, sagte Frida und rieb die Scheibe blank.

»Der liebe Gott kann alles zu gleicher Zeit sehen, der hat vorn und hinten Augen, nicht wahr, Gerda?« rief die Kleine eifrig. Die Puppe nickte mit dem Kopf - ja, das war auch ihre Ansicht.

Aber daß Annemarie nicht auf das Fensterbrett klettern sollte, darin stimmte Puppe Gerda wieder mit Frida überein. Es fiel ihr ordentlich ein Zentnergewicht vom Herzen, als Frida vorschlug: »Weißt du, Annemiechen, kehre lieber den Teppich mit der Teppichmaschine ab.«

Das leuchtete auch Annemie ein. Die Teppichmaschine quiekte noch viel schöner als das Fensterleder, denn sie war lange nicht geölt.

Rrrrrr - ging es über den blauen Teppich, die Maschine rumpelte, quietschte und pfiff, und Annemie jubelte.

Rrrrrrr - zehnmal im Kreis herum, da machte die Kleine endlich halt.

»Willst du mitfahren, Gerda?« fragte sie das erwartungsvoll dasitzende Puppenkind.

Das streckte ihr beide Arme entgegen.

Eine Sekunde später saß Gerda auf dem braunen Rumpelkasten.

»Jetzt fährst du Karresell, halt' dich fest, mein Liebling!« rief Annemie, und da ging es auch schon los.

Gerda hätte ihrer kleinen Mama gern gesagt, daß es Karussell hieß, aber sie hatte genug damit zu tun, sich festzuhalten und nicht herunterzupurzeln.

Rrrrrr - zehnmal im Kreis herum, da stand das Karussell endlich still.

»Das war fein!« Annemarie und Gerda sahen sich beide mit glänzenden Augen an.

»Wollen wir nun mal nach Amerika fahren, Gerdachen?«

Die Puppe machte ein erschrockenes Gesicht. Sie hatte Angst, seekrank zu werden.

»Ach, du fürchtest dich wohl so ganz allein auf dem großen Schiff, du Dummchen?« lachte ihr

Mütterchen. »Na warte, ich hole dir Gesellschaft.«
Damit war Annemarie auch schon zur Tür hinaus.
Aber es dauerte nicht lange, da erschien sie wieder,
in dem einen Arm Irenchen und Mariannchen, in dem
andern Lolo und Kurt, und in der zusammengerafften
Schürze noch das strampelnde Baby.

»So,« sagte sie, »die Herrschaften wollen alle auch
mit nach Amerika fahren, bitte, nehmen Sie Platz,
meine Damen. Fräulein Gerda und Fräulein Irenchen
erster Klasse.« Damit setzte sie die beiden auf die
eine Seite der Teppichmaschine und Lolo nebst Mariannchen auf die andere, in die zweite Klasse. Irenchen, als Älteste, bekam das Baby auf den Schoß.

»Ich bin der Herr Kapitän und du, Kurt, kannst Steuermann sein, stelle dich hier an den Mastbaum des
Schiffes«, damit band Annemie den Puppenjungen
mit ihrem blauen Haarband an den braunen Holzstiel
der Teppichmaschine.

»Haben Sie alle Fahrkarten, meine Herrschaften? Na,
denn kann die Reise ja losgehen. Der blaue Teppich
ist das Meer oder vielmehr der große Ozehahn - ich
habe erst gestern gehört, wie Hans das für die Geo-
graphiestunde gelernt hat«, sagte der Herr Kapitän
würdevoll zu seinen Passagieren.

»Es heißt Ozean und nicht ›hahn‹, wollte Irenchen,
die schon in die Schule ging und schrecklich klug war,
den Herrn Kapitän belehren.

Aber da tutete das Schiff bereits - »tu-u-u-t«, die Maschine rumpelte, quiekte und pfiff, und der Herr Kapitän schrie: »Wir fahren nach Amerika - hurra!«

Mitten durch das blaue Meer ging die Reise. Das stolze Schiff schaukelte und schwankte so sehr, daß die
Reisenden einer auf den andern purzelten.

»Wir reisen nach Amerika - hurra!« Der Kapitän

kämpfte wacker gegen Sturm und Wogen. Frida aber stand auf der Trittleiter am Ufer, wie auf einem hohen Leuchtturm, und hielt sich die Seiten vor Lachen. Den Passagieren drehte sich das Herz im Leibe herum bei der gefährlichen Fahrt. Gerda ward es schwarz vor den Augen, Mariannchen wurde kreuzelnd, und Irenchen sah noch blasser aus als sonst, denn es war ihr schrecklich übel. Aber immer weiter ging's -»wir reisen nach Amerika - hurra!«

»Mann über Bord!« schrie Frida plötzlich vom Leuchtturm herab, während Irenchen entsetzt die Hände hinter ihrem ins Meer gefallenen Baby herstreckte. Kurt, der mutige Steuermann, sprang, da das blaue Haarband, mit dem er festgebunden, inzwischen gerutscht war, beherzt hinterdrein. Aber der Herr Kapitän ließ sie alle beide ertrinken. Denn das gehört zu einer richtigen Reise nach Amerika.

In der Tür erschien, angelockt von dem Lachen und Jubel, neugierig Puck.

»Willst du mit nach Amerika reisen, Puckchen? Dann darfst du mein neuer Steuermann sein!« Ehe das Zwerghündchen noch »Ja« oder »Nein« hätte bellen können, hatte der Herr Kapitän es auch schon beim Wickel und auf seinen neuen Posten, an den Mastbaum, gestellt.

»Wir reisen nach Amerika - hurra!«

»Wau - wau!« blaffte der neue Steuermann wütend dazwischen, denn es dünkte ihn höchst ungemütlich auf dem schwankenden Schiff.

Puppe Gerda, die sich schon seit geraumer Zeit seekrank fühlte und die Augen, weil ihr so elend war, geschlossen hielt, blinzelte ängstlich zu dem kläffenden Steuermann hin.

»Lieber Gott, daß er mich nur nicht beißt!« flüsterte

sie.

Bums - da war das Schiff gegen ein Felsenriff, den Eimer, gefahren und wäre bei einem Haar gescheitert. Der gewissenlose Steuermann ließ seinen Posten im Stich und rettete sich mit einem erschreckten »Wau - wau« ans Ufer. Die Passagiere aber, Fräulein Gerda, Fräulein Irenchen und Mariannchen, stürzten sich kopfüber in die blauen Fluten. Nur Lolo, das Negerkind, reiste jetzt noch einsam auf dem großen Schiffe weiter nach Amerika.

Da kamen Hans und Klaus aus der Schule. Als die das Schwesterchen bei ihrem lustigen Spiel sahen, schlug Hans vor: »Komm, Annemie, ich mache dir noch ein Schiff aus Papier, das bindest du dann als Rettungsboot hinten an!«

»Ach ja, Hänschen«, jubelte Annemarie und lief hinter dem großen Bruder her.

Klaus ließ seine Augen inzwischen über die verunglückte Besatzung des Schiffes schweifen. Puppe Gerda bibberte schon an allen Gliedern, weil sie den gefährlichen Klaus nur im Zimmer wußte. Wie aber wurde ihr erst zumute, als sie sich von tintenbeschmierten Jungenhänden plötzlich roh am Arm emporgezerrt fühlte!

»Himmel, jetzt murkst er mich ab!« dachte sie herzklopfend.

Die Leiter, die Frida soeben verlassen hatte, um frisches Wasser zu holen, kletterte der Nichtsnutz mit der armen Puppe empor. Immer höher und höher ging es - »will er mich etwa gleich selbst in den Himmel befördern?« kaum vermochte die Puppe vor Aufregung noch diesen Gedanken zu fassen.

Aber jetzt wurde haltgemacht. Wupp - da saß die vor Angst halbtote Gerda hoch oben auf dem Ofen, der noch dazu an dem kalten Apriltage geheizt war.

»Au - ich hab' mich verbrannt!« schrie Puppe Gerda, aber hohnlachend rutschte der wilde Klaus die Leiter herunter.

Weinend thronte die Puppe auf ihrer einsamen Höhe. »Ach Gott - ach Gott, wie soll mich mein Mütterchen bloß je im Leben hier wiederfinden?« Da kam Annemarie glückstrahlend mit ihrem Rettungsboot zurück. Sie band es an die Teppichmaschine und fischte die Ertrunkenen wieder aus dem Ozean heraus.

»Nanu, wo ist denn mein Gerdachen hingekommen?« verwunderte sie sich. »Habt ihr Gerda nicht gesehen?« wandte sie sich an die übrigen Fahrgäste.

Irenchen wies mit dem ausgestreckten Arm in die Richtung des Ofens, aber die Kleine achtete nicht darauf. Auch nicht auf das feine, weinende Puppenstimmchen, das sie von oben rief. Sie stürzte in die Jungenstube, denn sie ahnte sogleich den Täter.

Dort saß Klaus mit dem harmlosesten Gesicht der Welt und machte seine Rechenaufgaben.

»Klaus, hast du meine Gerda genommen?« fragte sie kampfbereit.

»Laß mich mit deiner dummen Puppe in Frieden«, brummte der und steckte die Nase noch tiefer ins Buch.

Die Kleine hielt es für geraten, andere Saiten aufzuziehen.

»Kläuschen, liebes, gutes Kläuschen, ach, gib mir doch meine kleine Gerda wieder!« bettelte sie.

»Such' sie dir«, brummte der Puppenräuber.

»Also du hast sie genommen, du abscheulicher Junge, na warte!« Annemaries schon zum Boxen erhobene Ärmchen sanken aber wieder herab. Sie jagte aus dem Zimmer, die Mutterliebe war stärker als die Rauflust.

»Sie ist nach Amerika geschwommen, wenn sie nicht unterwegs ein Haifisch verschluckt hat«, rief der ungezogene Klaus noch hinter dem Schwesterchen her.

Im Wohnzimmer durchsuchte Annemarie in Gemeinschaft mit Frida jeden Winkel. Gerda blieb verschwunden. Bitterlich weinend stand die kleine Puppenmutter unten, während oben auf dem Ofen ihr Kind ebenso bitterlich weinte.

Da rief Frida, welche die Kronenglocken säuberte, plötzlich von der Leiter herab:»Ich sehe sie - da guckt ein Bein über den Ofenrand - na, hoffentlich ist sie nicht aus Wachs, sonst ist die da oben bestimmt geschmolzen.«

Sie rückte die Leiter an den Ofen und rettete das arme Puppenkind vor dem Verbrennungstod. Das Herz klopfte der kleinen Annemarie inzwischen bis in den Hals hinein.

Lieber Gott - würde ihre Gerda, ihr süßes Nesthäkchen, auch nicht geschmolzen sein - oder am Ende gar so braungebrannt wie die Negerpuppe?

Da hielt sie ihr Kind endlich wieder im Arm, fest, ganz fest. Nein, es war noch genau so schön, wie vorher, nur ein bißchen erhitzt fühlte es sich an. Selig küßten sich die beiden, als ob Gerda wirklich aus Amerika angereist gekommen wäre.

Von nun an aber hatte Puppe Gerda noch viel, viel größere Angst vor dem bösen Klaus.

5. KAPITEL.
NESTHÄKCHEN MACHT SCHLECHTES WETTER.

Die Bäume im Tiergarten hatten ihr neues, hellgrünes Maikleid angelegt, die Vögelchen pfiffen und flöteten ihre Frühlingslieder, herrlich blühte der Flieder. Auf den Bäumen krabbelte es von Maikäfern, und auf den Spielplätzen von kleinen Buben und Mädeln. Aber so lustig es auch im Tiergarten war, es kostete Annemarie jedesmal einen Kampf, von Hause fortzugehen, denn dort war es jetzt noch tausendmal lustiger. Da wurde der alte, häßliche Winterstaub aus allen Ecken und Winkeln gejagt, mit großen Besen und Scheuerbürsten und wahren Fluten von Seifenwasser. Hanne und Frida, die hatten es gut. Die brauchten nicht mit Fräulein in den ollen Tiergarten spazierenzugehen, die durften den ganzen Tag nach Herzenslust klopfen, bürsten und fegen, seifen und panschen. Ach, wie Annemie die beiden beneidete! Besonders da Mutti auch meistens dabei half.

»Bist du sehr traurig, Fräulein, daß du nicht mit reinmachen darfst?« fragte sie mitleidig, als es wieder mal in den Tiergarten ging.

»Nein, ganz und gar nicht«, lachte Fräulein. »Ich gehe viel lieber spazieren, du doch auch, Annemiechen?«

»Ach wo«, rief die Kleine und lachte ebenfalls, denn sie glaubte, ihr Fräulein mache nur Spaß. Sie konnte sich nicht denken, daß jemand noch etwas anderes schöner finden könnte als Reinmachen.

»Ich wollte, es regnete alle Tage, daß ich zu Hause bleiben müßte«, sagte sie mit Inbrunst.

»Das kann schneller kommen, als du denkst, Liebling,

denn das Barometer scheint zu fallen.«

»Regnet es dann, wenn das Barmeter fällt?« erkundigte sich die Kleine angelegentlich.

»Ja, dann gibt es jedesmal schlechtes Wetter«, belehrte sie Fräulein.

Heute war Annemarie mit ihren Gedanken gar nicht so recht beim Spiel. Gerda bekam keinen Spinat zu essen, der Ball blieb in seinem roten Wollnetz, und selbst der große Reifen lief nicht wie sonst den Vorübergehenden gegen die Knie. Annemie hatte anderes zu tun. Die mußte in den blauen Himmel hinaufgucken, und die kleinen Flatterwölkchen, die wie weiße Wollschäfchen dort oben vorbeizogen, zählen. Ob die wohl Regen brachten?

Als die Kleine heute vom Spaziergange nach Hause kam, war ihr erster Weg nicht wie sonst in die Kinderstube zu den Puppen. Mit Hut und Mäntelchen lief sie in Vaters Sprechzimmer zum Barometer.

Nein - es war noch nicht gefallen, es hing noch ganz fest an der Wand, da hatte sie sich umsonst gefreut.

»Morgen wird deine Kinderstube reingemacht, meine Lotte«, sagte Mutti nach Tisch zu dem Töchterchen.

»Au fein - da kann ich nicht spazierengehen!« Annemarie vollführte vor Freude einen Luftsprung, und Gerda, die sie gerade auf dem Arm hatte, mit.

Mutti hatte eine andere Ansicht.

»Du bist durchaus dazu nicht nötig, mein Herzchen. Wir werden gut ohne dich fertig. Im Gegenteil noch schneller, wenn du uns nicht im Wege stehst.«

»Aber meine Puppenküche muß ich doch reinmachen, da darf die Hanne nicht ran. Die zerschlägt mir bloß meine Teller, du hast erst gestern gesagt, Muttichen, die Hanne zerschlägt alles.«

»Ich werde die Puppenküche selbst übernehmen, bist

du nun zufrieden, Lotte?« fragte Mutti lächelnd.
»Nein, gar nicht -« Nesthäkchen machte ein langes
Gesicht. »Wenn meine Kinderstube reingemacht
wird, muß ich dabei sein. Im Kaufmannsladen weißt
selbst du nicht so gut Bescheid, Muttichen, und meine Puppenbetten muß ich mir auch selbst klopfen
und frisch beziehen. Ach, wenn's doch morgen bloß
regnen wollte!«
Alle paar Minuten lief Klein-Annemie an das Fenster,
um zu sehen, ob denn noch immer keine schwarzen
Regenwolken kämen. Aber der Himmel war und blieb
blau, und die Sonne lachte die Kleine noch obendrein
aus.
»Du sollst mich nicht auslachen, du dumme Sonne!«
rief Annemarie und ließ dabei ein ganz klein wenig ihr
rotes Züngelchen sehen. Aber schnell verschwand es
wieder, denn Puppe Gerda hatte ihre kleine Mama
ganz erschrocken angeguckt.
Doch als auch am Nachmittag noch immer keine Wol-
ken heraufziehen wollten, da faßte das kleine Mädchen einen kühnen Entschluß: Annemie wollte selbst
schlechtes Wetter machen.
Herzklopfend schlich sie sich mit ihrer Gerda in Vaters
leeres Sprechzimmer.
Hatte Fräulein nicht gesagt, wenn das Barometer fiel,
regnete es? Dann war es sicher so, denn Fräulein
wußte alles.
Da hing das Barometer - auf den Zehenspitzen näher-
te sich die Kleine. Gerda machte ein ängstliches Gesicht.
Leise rührte das Kinderhändchen an dem Barometer.
Das begann ärgerlich hin und her zu schaukeln.
»Tu's nicht - laß sein!« wollte Puppe Gerda gerade
noch warnend rufen - zu spät!

Schon hatte Annemie dem Barometer einen starken Stoß gegeben. Es schwankte - es hopste - und da sprang es erschreckt von seinem Nagel herab und fiel zur Erde.

Dort lag es nun, das Glas war entzwei, die Zeiger verbogen - und davor stand das kleine Mädchen und weinte bitterlich. Ja, jetzt gab es mit einem Male Regenwetter, freilich nur bei Annemie - draußen aber schien noch immer die Sonne.

Scheu schlich sich die kleine Wettermacherin davon. Nach einer Weile hörte sie die Stimme des inzwischen heimgekehrten Vaters. Sie klang aufgebracht.

»Nun möchte ich bloß wissen, wer mir das teure Barometer wieder kaput gemacht hat, das ist doch sicher beim Reinmachen passiert«, so rief er, denn er war dem Scheuerfest lange nicht so gewogen wie sein Töchterchen.

Mutti und Fräulein eilten herbei und sahen erschreckt auf das verdorbene Barometer. Sie hatten keine Ahnung, wer das wohl verbrochen haben könnte. Hanne und Frida wurden gerufen, aber auch die beteuerten ihre Unschuld.

»Schicken Sie mir die Jungen in mein Zimmer, wenn sie aus der Turnstunde kommen, Fräulein«, gebot der Vater noch immer ärgerlich. Das kleine Mädchen konnte es deutlich hören, denn die Türen standen offen. »Sicher ist es einer von den Schlingeln gewesen - na, die können sich freuen!«

Zweimal hatte Puppe Gerda Annemie bereits am Ärmel ihres roten Musselinkleidchens gezupft. Die tat, als merke sie nichts. Aber als die Puppe jetzt zum drittenmal noch stärker zupfte und sie dabei auch noch vorwurfsvoll ansah, stieß Annemie hervor: »Ja doch - ja doch - ich geh' ja gleich!«

Und da stand sie auch schon mit niedergeschlagenen Augen in Vaters Sprechzimmer, ihr Puppenkind krampfhaft an das Herz gepreßt.
»Na, Lotte, was willst du?« Vaters Zorn verflog im Umsehen, als er sein Nesthäkchen erblickte.
»Ich - ich -« druckste die Kleine und wäre am liebsten wieder davongelaufen, wenn sie sich nicht vor ihrem Kinde geschämt hätte.
»Na, was hast du denn auf dem Herzen, meine kleine Lotte?« Liebevoll zog Vater sie zu sich heran.
Da schlang Annemarie ihre Ärmchen um Vaters Hals, und Puppe Gerda tat dasselbe. Beide verbargen sie das Gesicht an Vaters Schulter.
»Ich habe das Barmeter fallen lassen«, flüsterte es leise - ganz leise.
»Du -« Des Vaters Gesicht wurde ernst. Er schob die kleine Sünderin ein Endchen von sich ab. »Was hast du denn an meinem Barometer zu suchen, Annemarie?«
»Annemarie« sagte Vater, und nicht »Lotte«, wie sonst immer, nun hatte er sie ganz sicher nicht mehr lieb!
»Ich wollte doch so schrecklich gern, daß es morgen regnet, weil doch meine Kinderstube reingemacht wird. Und Fräulein hat gesagt, wenn das Barmeter fällt, gibt es schlechtes Wetter!« schluchzte es in tiefstem Schmerz.
»Und darum hat meine dumme, kleine Lotte es fallen lassen?« Vater biß sich auf die Lippen, um das Lachen zu verbergen.
Auch Mutti und Fräulein mußten sich umwenden, weil es in ihren Gesichtern vor verhaltenem Lachen zuckte.
Annemie aber sah das alles nicht, die hörte nur, daß

Vater wieder »Lotte« zu ihr gesagt hatte. Gott sei Dank, dann war er nicht mehr so schrecklich böse!

Da nahm Doktor Braun sein Nesthäkchen an die Hand und wies auf die Zahlen, welche auf dem Barometer verzeichnet waren.

»Siehst du, Lotte, der blaue und der goldene Zeiger hier, die jetzt verbogen sind, die zwei sind schrecklich klug. Sie wissen ganz genau schon im voraus, was es für Wetter gibt. Wenn die Witterung schön wird, steigen sie aus eine höhere Zahl. Wird das Wetter schlecht, so rücken sie auf eine niedrigere Zahl, und dann sagt man: Das Barometer fällt. Aber das bleibt trotzdem ruhig an der Wand hängen«, so belehrte sie der Vater.

»Bist du auch nicht mehr böse, Vatchen, ich will es auch nie mehr wieder tun«, bat Annemie noch ganz schüchtern.

Da drohte Vater lächelnd: »Daß du mir nicht wieder an meine Sachen gehst!« und dann gab er ihr endlich den Verzeihungskuß.

»Aber das Wettermachen überlasse künftig nur lieber unserm Herrgott, Lotte«, rief er dem erleichtert davonspringenden Töchterchen noch nach.

Das tat Klein-Annemarie auch. Abends im Bettchen faltete sie erst Puppe Gerda die Hände und dann ihre eigenen und betete: »Lieber Gott, mach' du doch, daß es morgen regnet, hagelt und schneit, weil doch das Barmeter nun kaput ist und nicht mehr dafür sorgen kann - amen!«

6. Kapitel. Maikäfer, fliege ...

Der liebe Gott mußte wohl Annemaries Gebet erhört haben. Zwar hagelte und schneite es nicht am nächsten Tage, aber es goß in Strömen vom Himmel herab. Und immer neue Regenwolken zogen auf. Keiner war glücklicher als Annemie. »Hurra« - schrie sie und drückte ihre Gerda fast tot vor Seligkeit.

Mutti war weniger erfreut. Denn ihr Nesthäkchen war nicht aus der Kinderstube herauszubekommen und war jedem im Wege. Dabei fand das kleine Fräulein, daß es alle Hände voll zu tun hätte.

In ihrem kleinen Eimer holte Annemarie Sodawasser und scheuerte ihre Küche, bis auch kein bißchen mehr von dem hübschen braunen Papier, mit dem der Fußboden beklebt war, darauf zu sehen war. Dann ergoß sich eine Sintflut über die Puppenstube und verdarb den hübschen roten Plüschteppich, den Annemarie vorher wegzunehmen vergessen hatte. Aber als in das soeben sauber aufgefegte Kinderzimmer plötzlich ein Regen von Grieß, Reis, Kaffee, Rosinen und Mandeln herniederprasselte, weil die kleine Scheuerfrau die Schubfächer ihres Kaufmannsladens zum Ausseifen leer haben wollte, zog Mutti ihr Töchterchen energisch aus dem Zimmer.

In die Jungenstube nebenan ging es, wohin auch die Puppen bereits gewandert waren.

Puppe Gerda strahlte über das ganze Gesicht, als sie ihres Mütterchens ansichtig wurde, denn sie graulte sich sehr in dem Zimmer des gefährlichen Klaus. Trotzdem der jetzt in der Schule war.

Aber Annemie sah ihre Kinder nicht an, die rief jammernd: »Hanne wird überhaupt gar nicht fertig ohne mich, sie hat es selbst gesagt, und Fridachen möchte mich doch auch so schrecklich gern drin behalten.«

Aber da Mutti das Zimmer bereits wieder verlassen hatte, schlich sich die kleine Ausgewiesene schließlich doch zu ihren Puppenkindern und ließ sich von ihnen in ihrem Schmerz trösten.

Nicht lange dauerte es, da öffnete sich behutsam wieder die Tür, die von dem Jungenzimmer in die Kinderstube führte. Durch die Spalte schob sich ein winziges Stubsnäschen, zwei blonde Rattenschwänzchen folgten, und gleich darauf stand Nesthäkchen wieder dreist und gottesfürchtig auf der Schwelle.

Da drin war es jetzt über alle Begriffe schön. Hanne watete auf Holzpantinen in einem See von Seifenwasser und scheuerte den Fußboden, wie Annemie vorher ihre Puppenküche. Nur daß die Farbe nicht gleich mit dem Schmutz abging.

Vorsichtig setzte Klein-Annemarie die äußerste Spitze ihres Füßchens in die Nässe. Ach, wer doch auch da so herumpatschen dürfte und noch dazu auf Holzpantinen!

»Du bekommst nasse Füße, und dann wirst du krank, geh' zurück, Annemiechen«, rief Frida.

Die gute Hanne aber, welche die sehnsüchtigen Blicke der Kleinen sah, trocknete sich die Seifenhände an der Schürze ab und - schwupp - da saß Nesthäkchen auf dem großen, weißen Kinderstubentisch, mitten in dem See wie auf einer Insel.

Sie klatschte in die Hände und rutschte vor Freude hin und her, daß Hanne Angst hatte, sie könnte jeden Augenblick in den Scheuereimer fliegen.

Mutti aber, die gerade vorbeiging, drohte dem kleinen Eindringling: »Na warte, wenn du nicht ganz brav bist, wirst du wieder an die Luft gesetzt, Lotte!«

Nebenan in der Jungenstube herrschte weniger Freude. Vergeblich hatte Puppe Gerda die Arme hinter ihrem Mütterchen hergestreckt, denn ihr ahnte nichts
Gutes.

Und richtig, da kam auch schon polternd und pfeifend
der Klaus aus der Schule. Er schleuderte seine Schulmappe auf das Arbeitspult und stellte sorglich eine
Zigarrenkiste auf den Tisch. Darin kribbelte und krabbelte es von gefangenen Maikäfern, denn sein Schul-
weg führte durch den Tiergarten.

Jetzt hatte er die Puppeneinquartierung erblickt,
und zugleich durchzuckte den Schlingel ein Gedan-
ke. Er nahm behutsam eines der kribbelnden Wesen
aus der Schachtel, holte sich einen langen Faden und
band denselben dem Maikäfer an das Bein. Das Ende
des Fadens aber behielt er in der Hand.

Der Maikäfer spazierte erst ganz gemächlich über die
Wachstuchdecke des Tisches. Mit ängstlichen Augen
sahen sämtliche Puppen seinem Spaziergange zu. Besonders Gerda klopfte das Herz, denn sie war ja noch
nicht ein Jahr alt und hatte daher noch nie einen
Maikäfer zu sehen bekommen.

Plötzlich schien sich der braune Spaziergänger seiner
Freiheit bewußt zu werden. Er breitete prüfend seine
Flügel aus, zählte bis hundert und - burr - da brumm-
te er durch das Zimmer gegen das Fenster.

Die Puppen fielen vor Schreck beinahe auf den Rücken. Gerda zitterte wie Espenlaub, solche Angst hatte sie vor dem großen, braunen Käfer. Aber es sollte
noch schlimmer kommen.

Klaus zog den gegen die Fensterscheiben surrenden
Maikäfer an seiner Leine zurück. Dann ließ er ihn wieder fliegen.

Burr - diesmal burrte der schlanke Maikäferjüngling

geradeswegs auf die sich ängstlich zusammenscharenden Puppen los, denn er mochte junge Damen gern. Die kreischten vor Entsetzen, aber nur der Maikäfer vernahm es. Der dumme Klaus verstand die Puppensprache nicht. Doch der unternehmungslustige Maikäfer ließ sich durch die abwehrend erhobenen Hände der jungen Damen nicht stören. Erst flog er zu dem blassen Irenchen, die vor Schreck blutrot wurde, und kitzelte sie an der Nase. Dann burrte er vor Mariannchens noch immer verklebten Augen, und schließlich setzte er sich auf Gerdas blonden Lockenkopf und begann ihr zärtlich das Gesicht zu krabbeln. Denn sie war die Allerschönste.

Aber Gerda wußte die Liebkosungen nicht zu schätzen.

»Hilfe« - rief sie - »Hilfe« - und dann fiel sie in tiefe Ohnmacht.

Ihren braunen Kavalier aber zog Klaus an dem um sein Bein geschlungenen Faden wieder in den Kerker zurück.

Auch Puck machte heute einen großen Bogen um den gefährlichen Klaus. Denn sobald er die Zigarrenkiste sah, wußte er, was die Glocke geschlagen hatte.

Es war Puck unerklärlich, daß die Menschen, die sonst doch so klug sein wollten, den Mai den Wonnemonat nannten und ihn so gern hatten. Er selbst verabscheute ihn geradezu. Kein anderer Monat scheuchte ihn so aus seiner Ruhe auf wie der Monat der Maikäfer. Bald hatte ihm Klaus solch kribbelndes Ding aus die kalte, schwarze Hundeschnauze gesetzt, bald in das lange, weiße Seidenfell. Und so viel das Zwerghündchen auch schnappte und kläffte, die frechen Maikäfer und der noch frechere Klaus ließen sich nicht stören, ihn zu peinigen. Selbst Hans, der sonst harmlos seiner Wege ging, bekam jetzt manchmal den Maikäferkoller und foppte ihn. Nein, Puck schwärmte ganz und gar nicht für den Wonnemonat! Die größte Angst aber vor den braunen Viechern, mehr noch als sämtliche Puppen und Puck, hatte Nesthäkchen. Das schrie, wenn Klaus ihr seine nichts Gutes verheißende Zigarrenkiste nur von weitem zeigte. Dann bestürmte sie Fräulein, ihr lange Strümpfe anzuziehen, denn sie wußte ganz genau, daß Klaus und die Maikäfer es vor allem auf ihre in Wadenstrümpfen steckenden Beinchen abgesehen hatten.

Annemie wagte sich heute nicht mehr in die Jungenstube hinein, sie blieb den ganzen Tag in Muttis und Fräuleins Schutz. Die arme Gerda mußte sich ganz allein von ihrer Ohnmacht erholen.

Am Abend, als die Kinderstube fix und fertig war, und es nur so blitzte vor Sauberkeit, als die neuen, weißen Mullgardinen an den Fenstern leuchteten, und alle Betten, sogar die der Puppen, blütenweiß bezogen waren, schlich sich der arge Klaus mit seiner Maikäferschachtel heimlich zur Kinderstube.

Gerade unter das Bett des Schwesterchens stellte er die Kiste. Vorsorglich aber ließ er den Deckel ein ganz klein wenig offen, damit die Gefangenen nicht erstickten.

Mitten in der Nacht war's. Alles schlief im Kinderzimmer, da begann es, sich in der Zigarrenkiste zu regen. Einer nach dem andern der braunen Gesellen marschierte durch die Luftspalte in die Freiheit, und - burr - da burrte der ganze Schwarm gegen die neuen, weißen Mullgardinen.

Burr - jetzt ging es lustig in der Kinderstube umher. Vier flogen zu Annemies Bettchen, drei zu Fräulein und ein halbes Dutzend burrte um den Puppenwagen. Das kribbelte und krabbelte.

Annemie juckte sich im Schlaf das Näschen, denn dort hatte gerade ein Maikäfer-Großpapa Platz genommen. Fräulein fuhr mit den Händen in der Luft umher - da hatte sie einen Maikäfer zwischen den Fingern. Puppe Gerda aber riß erschreckt die Augen auf, als sie das fürchterliche Burren und Surren vernahm, und weckte weinend ihre kleine Mama. Die stimmte denn auch sogleich in das Geplärr ihrer Puppe ein.

»Fräulein - Fräulein - das Luftschiff muß hier im Zimmer sein, hör' nur, wie es surrt«, so schrie sie.

Fräulein hatte schon Licht gemacht. Da sah sie entsetzt den gefangenen Maikäfer in ihrer Hand - und Maikäfer, wohin sie auch blickte.

Im Gitterbettchen aber, umgeben von lustig burrenden Maikäfern, stand Nesthäkchen nebst Gerda und schrie wie am Spieß.

Fräulein beruhigte erst liebevoll ihre kleine, brüllende Annemie. Dann machte sie beide Fenster auf und - burr - da war die ganze braune Gesellschaft auf und davon - auf Nimmerwiedersehen.

In der soeben erst reingemachten Kinderstube jedoch sah es am nächsten Morgen lustig aus. Schwarz die schönen weißen Mullgardinen, schwarz getupft die frischbezogenen Betten. Alles hatten die Maikäfer wieder schmutzig gemacht.

Klaus aber bekam seine wohlverdiente Keile.

7. KAPITEL.
»HERR DOKTOR, MEIN KIND IST SO KRANK!«

Auf dem Spielplatz waren eines Tages drei niedliche Kinder, ein Knabe und zwei Mädchen, erschienen. Annemie sah sie erst von weitem an und schob sich und ihren Puppenwagen dann näher und näher. Aber als sie eins der fremden Kinder gerade fragen wollte: »Kleine, willst du mit mir spielen?« da begann dasselbe zu husten. So sehr hustete das kleine Mädchen, daß es krebsrot im Gesicht wurde, es konnte gar nicht wieder aufhören. Nun begannen auch die andern beiden zu husten. Annemie blickte mitleidig auf die drei, sie hatte noch nie jemand so arg husten gehört. Gewiß waren sie barfuß herumgelaufen, trotzdem ihre Mutti es verboten hatte, und der liebe Gott hatte ihnen nun zur Strafe den bösen Husten geschickt.

Aber ehe Annemarie sich noch danach erkundigen konnte, stand plötzlich Fräulein hinter ihr und zog sie mit erschrockenem Gesicht zurück.

An der Bank packte Fräulein ihre Handarbeit zusammen, band der Kleinen das graue Spielschürzchen ab und setzte ihr den roten Südwester auf.

Mit ungeheurem Erstaunen verfolgte Klein-Annemarie Fräuleins Gebaren. Aber als diese sie jetzt an die Hand nahm und Miene machte, den Spielplatz zu verlassen, kam wieder Leben in die vor Verwunderung ganz erstarrte Kleine.

»Mein Puppenwagen - meine Gerda!« rief sie und wollte sich von Fräuleins Hand losreißen, um den bei den fremden Kindern vergessenen Puppenwagen zu holen.

Aber Fräulein ließ sie nicht fort.

»Du wartest hier auf mich, Annemie, ich fahre den Puppenwagen selbst.«

Annemies Staunen stieg noch. Auch Gerda machte so große Augen wie noch nie. Fräulein fuhr eigenhändig den Puppenwagen!

Aber als die Kleine über den komischen Anblick hell auflachte, sah Fräulein so ernst drein, daß Annemie erschrocken schwieg.

War sie denn unartig gewesen?

Annemie zog nachdenklich die Stirn kraus und überlegte angestrengt. Sie konnte sich beim besten Willen nicht darauf besinnen.

»Fräulein,« begann die Kleine schüchtern, nachdem sie eine ganze Weile stumm neben ihr hergetrabt war, »sei doch wieder gut mit mir, Fräulein, ich will es auch nie wieder tun!«

»Was denn, Annemiechen?« Jetzt war die Reihe, ein erstauntes Gesicht zu machen, an Fräulein.

»War ich denn nicht unartig?« fragte Annemarie zweifelnd. »Warum bist du denn da so böse und gehst mit mir nach Hause?«

»Ich bin nicht böse, Herzchen, nur ängstlich bin ich, daß du dich angesteckt haben könntest. Wir gehen noch nicht nach Hause, sondern nur in einen andern Teil des Tiergartens. An dem Spielplatz waren Kinder mit Keuchhusten!« Fräulein sagte das letzte Wort mit sorgenvollem Gesicht.

Keuchhustenkinder - vor denen hatte Mutti sie immer gewarnt, und Annemie hatte sich heimlich schon längst gewünscht, mal welche zu sehen.

»Ich habe mich bestimmt nicht angesteckt, Fräulein, ich war ja so warm angezogen und huste ja auch kein bißchen. Aber warum soll ich denn meinen Puppenwagen nicht selbst fahren?«

»Du darfst heute den ganzen Tag weder an den Wagen noch an deine Gerda heran. Wir müssen ihn erst gründlich reinigen, damit du dich nicht etwa daran ansteckst.«

»An meiner Gerda? Ist die denn auch ein Keuchhustenkind?« Nesthäkchen sah ihre Puppen prüfend an. Aber die machte einen ganz munteren Eindruck und hatte kein einziges Mal bisher gehustet. Sie schien sich über Fräuleins Vorsichtsmaßregeln auch sehr zu wundern.

Zu Hause angelangt, mußte sich Puppe Gerda aber noch viel mehr wundern. Ihre kleine Mama zog sie nicht aus, sondern sie wurde, wie sie war, mitten auf den Balkon in die Sonne gesetzt. Da saß sie nun den ganzen lieben Tag und hatte keine andere Gesellschaft als den langweiligen Puppenwagen. Aber als es dunkel wurde, und Annemarie noch immer nicht kam, um ihre Gerda auszuziehen und mit ins Bettchen zu nehmen, da war die Puppe sehr ärgerlich auf ihr Puppenmütterchen.

Sie war doch ganz gesund, aber hier draußen in der Nachtluft mußte sie sich ja erkälten!

Ach, Puppe Gerda wußte ja nicht, daß ihre kleine Mama sich ganz genau so nach ihr bangte und Fräulein bestürmte, das arme Kind doch endlich wieder hereinholen zu dürfen.

Aber Mutti und Fräulein bestanden darauf, daß Gerda heute im Freien schlafen sollte. Und Vater, der seinem Nesthäkchen doch selten eine Bitte abschlug, meinte auch: »Für alle Fälle ist es besser.«

Am nächsten Tage durfte Annemie sich endlich wieder ihr Kind holen, nachdem Fräulein demselben andere Sachen angezogen und sie mit einem abscheulichen Parfüm besprengt hatte.

»Pfui, Gerda, du riechst ja wie Vaters Sprechzimmer!«
Annemie, die ihren ausgesetzten Liebling noch eben
freudestrahlend in die Arme schließen wollte, wandte
naserümpfend den Kopf fort.

Das nahm Puppe Gerda übel. Sie konnte doch wahr-
lich nichts dafür, daß man sie mit dem abscheulichen
Zeug, Lysol hatte Fräulein es genannt, einparfümiert
hatte. Sie drehte den Lockenkopf ebenfalls zur Seite
und sah ihre kleine Mama nicht an.

Zum erstenmal in ihrem Leben waren die beiden
miteinander böse. Annemarie nahm Irenchen nach
Tiergarten mit, und Puppe Gerda saß heute steif und
stumm auf ihrem kleinen Stuhl und tat, als ob Annemarie Luft für sie wäre.

Aber als Annemie abends ausgezogen wurde und
traurig zu Fräulein sagte: »Ich würde Gerda ja gern
mit ins Bett nehmen, wenn sie nur nicht so gräßlich
riechen würde!« da dachte die Puppe trotzig: »Ich
schlafe überhaupt nie wieder bei dir, ich will gar
nichts mehr von dir wissen, du alte Annemarie!«

Und dann weinten sie sich alle beide, das kleine Mädchen in ihrem Bettchen und die Puppe auf ihrem
Stühlchen, in den Schlaf.

Auch den nächsten ganzen Tag waren die zwei noch
miteinander böse. Aber am dritten Morgen, als Gerda
immer noch kein freundliches Gesicht machen wollte,
nahm die kleine Mama sie auf den Schoß.

»Hast du mir nichts zu sagen, Gerda?« fragte sie ihr
Nesthäkchen ganz wie Mutti, wenn sie selbst unartig
gewesen.

Gerda schwieg verstockt. Sie wollte nicht abbitten.

Aber da die Kleine selbst kein ganz reines Gewissen ihrem Puppenkinde gegenüber hatte, gab sie
ihm trotzdem einen Versöhnungskuß, denn der

Lysolgeruch war inzwischen verflogen.
Gerda aber war eigensinnig, sie machte sich steif und
wollte sich nicht küssen lassen.
»Fräulein, ich weiß gar nicht, was ich mit dem unge-
zogenen Kinde anfangen soll, es ist so schrecklich bo-
ckig!« sagte die Puppenmutter ratlos und stellte Gerda in die Ecke.
»Vielleicht ist sie krank«, begütigte Fräulein.
»Krank - ja, das ist möglich, am Ende hat sie den
Keuchhusten!« Gerda wurde wieder aus ihrer Sofae-
cke hervorgeholt, die kleine Doktortochter fühlte ihr
den Puls und legte ihr Babys Puppenbadethermome-
ter unter den linken Arm, um zu sehen, ob sie Fieber
habe.
»Fräulein, sie hat sechsundsiebzig Grad, das Kind hat
schrecklich hohes Fieber, es muß sofort ins Bett!« Ehe
Gerda wußte, wie ihr geschah, war sie ausgezogen
und lag im Bett von Irenchen und Mariannchen, trotzdem sie sich ganz gesund fühlte. Das Unangenehmste
aber war, daß Annemie ihr den triefenden Waschlap-
pen als kalte Kompresse auf die Stirn legte.
Ach, wäre sie doch bloß artig gewesen und hätte ab-
gebeten!
Annemie aber fand, daß Gerdas Fieber noch immer
stieg, und als das Badethermometer neunundneunzig
Grad anzeigte, da schickte das besorgte Mütterchen
ihren Puppenjungen Kurt zu Doktor Puck.
Der lag auf dem Sofa, auf dem er eigentlich gar nicht
liegen durfte, und hielt sein Mittagsschläfchen. Aber
er wollte nachher mit herankommen und nach der
Kleinen sehen.
Nein, was bekam Gerda für einen Heidenschreck, als
sich plötzlich die Mullgardine des Himmelbettes zu-
rückschob, und das weißbärtige Gesicht des Doktor

Puck erschien.

»Ich bin ja gar nicht krank, ich bin ja ganz gesund«, rief sie, aber keiner hörte auf sie.

Doktor Puck legte ihr seine kalte Pfote auf die Stirn, sah sie aufmerksam an und sagte dann achselzuckend: »Wauwau.« Das hieß auf deutsch: »Ja, ich weiß auch nicht, was Ihrer Kleinen fehlt.«

Da beschloß Annemie, einen ganz berühmten Doktor zu Rate zu ziehen, damit Gerdachen nur nicht sterben mußte.

Es war nach der Sprechstunde, und die Patienten schon alle wieder gegangen. Da klopfte es bescheiden an die Tür von Doktor Brauns Sprechzimmer.

Der Arzt erhob sich und öffnete die Tür zum Warteraum. Hatte er etwa einen Patienten vergessen?

Vor ihm stand eine kleine Dame mit einem Mantel, der eine lange Schleppe hatte. Auf dem Kopf hatte sie einen schönen Federhut, der Doktor Braun sehr bekannt vorkam, und unter welchem zwei winzige Rattenschwänzchen hervorlugten. Im Arm aber hielt sie etwas Längliches, in ein großes Tuch geschlagen.

»Guten Tag, Herr Doktor, mein Kind ist so krank!« sagte die kleine Dame mit verstellter Stimme und machte ein bekümmertes Gesicht.

»Oh, das tut mir aber leid, treten Sie näher, gnädige Frau, bitte, setzen Sie sich«, damit wies Doktor Braun auf den Patientenstuhl.

Selig nahm Annemie, denn sie war die kleine Dame mit Muttis schönem Federhut, Platz.

»Zeigen Sie die Kleine mal her, gnädige Frau«, gebot der Arzt.

Das große Tuch wurde auseinandergeschlagen, und Gerda kam zum Vorschein.

»Na, mein Herzchen, was fehlt dir denn?« fragte der

Herr Doktor sie freundlich, daß Gerda sich lange nicht so vor ihm fürchtete wie vor dem Doktor Puck.

»Ich glaube, das Kind hat den Keuchhusten«, sagte die kleine Mama an ihrer Stelle.

»Hustet sie denn sehr?«

»Nein, gar nicht, aber sie hat neunundneunzig Grad Fieber.«

»Na, dann werde ich Ihr Töchterchen mal schnell wieder gesund machen, gnädige Frau«, sagte der berühmte Arzt.

Er zog sein schwarzes Hörrohr vor, setzte es Puppe Gerda auf die Brust und legte sein Ohr an die andere Seite des Hörrohrs. Dann beklopfte er sie noch, während Annemie stolz dachte: »Vater untersucht viel feiner als Puck!« Darauf sagte der Herr Doktor beruhigend: »Die Kleine scheint sich nur erkältet zu haben.«

»Nicht mal Keuchhusten?« Die Mutter schien damit nicht recht zufrieden.

»Nein, sie hat nur etwas Drüsen, ich werde ihr einen Verband machen, dann ist sie morgen wieder ganz gesund.« Doktor Braun holte Verbandzeug und machte Puppe Gerda einen so schönen Verband, daß sie den Kopf nicht mehr bewegen konnte.

Mit andächtigen Augen sah ihre kleine Mama zu. Sie beneidete ihr Kind sogar ein bißchen um den feinen, richtigen Verband.

»So, gnädige Frau, nun ist die Kleine fertig.«

Aber die »gnädige Frau« erhob sich noch nicht, sie sah den Arzt mit bettelnden Augen an.

»Wünschen Sie noch etwas, gnädige Frau?«

»Ich möchte so schrecklich gern auch solch seinen Verband haben«, kam es mit einem sehnsüchtigen Seufzer von den Lippen der kleinen Dame.

»Sie - gnädige Frau,« der berühmte Arzt sah mit

einem Male merkwürdig lustig drein, »aber Sie sind doch ganz gesund. Oder fehlt Ihnen irgend etwas?«

»Ich - meine beiden Däume tun mir so weh, das kann am Ende Lungenentzündung werden«, meinte die kleine Dame besorgt. Dabei wies sie dem Herrn Doktor ihre Däumchen, die zwar etwas schwärzlich, aber durchaus heil waren.

»Ich werde Ihnen ein Rezept verschreiben, gnädige Frau, nehmen Sie tüchtig Waschungen mit Seife vor«, verordnete der Arzt.

Aber damit war Annemie nicht einverstanden. Sie wollte ihren Verband haben, was war sie denn schlechter als Gerda!

Die »gnädige Frau« sagte sehr wenig freundlich »adieu, Herr Doktor«, und vergaß sogar zu danken.

Aber die Tür hatte sich noch nicht lange hinter der Patientin geschlossen, da vernahm Doktor Braun ein durchdringendes Geschrei.

Erschreckt eilte er hinterdrein.

Da stand im Wohnzimmer die kleine Dame mit dem schönen Federhut, in der rechten Hand hielt sie eine Schere, während sie die linke mit jämmerlichem Geschrei ihm entgegenstreckte. »Au - au - es blutet!« und gleich darauf, unter Schmerzen lächelnd: »Nun muß ich doch einen Verband haben!«

»Du dumme, kleine Lotte!« sagte Doktor Braun und vergaß allen Respekt. »Wie kommst du denn zu der Schere, du sollst doch keine anfassen!«

»Ach, ich wollte doch so furchtbar gern einen richtigen Verband haben, und weil meine Däume doch so schrecklich heil waren, wollte ich mich nur so 'n ganz klein bißchen schneiden. Aber die olle Schere hat gleich so toll geschnitten - au - au - es tut ja so weh!«

»Siehst du, Lotte, das ist die Strafe dafür, daß du die

Schere angefaßt und dich mit Willen geschnitten hast; nun mußt du die Schmerzen ertragen«, sagte Vater ernst. Aber er nahm sein weinendes Nesthäkchen doch mit in das Sprechzimmer und machte ihr einen Verband, der war noch viel schöner als Gerdas. Ach, wie stolz war Annemie darauf, nun tat es lange nicht mehr so weh.

Am nächsten Tage durfte Puppe Gerda ihren Verband abnehmen und war wieder ganz gesund, während ihre kleine Mama noch mehrere Tage mit verbundenem Händchen gehen mußte.

Den Keuchhusten aber bekamen sie alle beide nicht.

8. KAPITEL. DUDEL-DUDEL-LEIERKASTEN.

Klein-Annemarie saß mit ihren sämtlichen Kindern in ihrem Gärtchen draußen auf dem Blumenbrett. Davor waren Eisenstäbe angebracht, daß sie nicht herausfallen konnte.

Wunderschöne Blumen hatte Annemie in ihrem Gärtchen gesät: Winde, Bohnen und Kresse. Leider merkte man aber vorläufig noch gar nichts davon. Nicht das kleinste grüne Spitzchen wollte sich in den Zigarrenkisten mit brauner Erde zeigen. Das kam daher, weil Annemie jeden Tag die gesäten Bohnen wieder ausgrub, um nachzusehen, ob sie denn noch immer nicht anfangen wollten, grüne Blättchen zu treiben.

Den Puppen gefiel es aber trotzdem in ihrem Gärtchen. Die Sonne schien so hell und warm, daß Irenchens blasse Wangen sich leise zu röten begannen. Und Mätzchen, der ebenfalls seine Sommerwohnung auf dem Blumenbrett bezogen hatte, schmetterte und jubilierte so lustig, daß selbst die schwarzgrauen Spatzen, die sich auf dem Dach herumzankten, andächtig lauschten.

Ach, was gab es hier draußen nicht alles zu sehen, Puppe Gerda reckte sich fast den Hals aus. Und ihre kleine neugierige Mama tat dasselbe.

Drüben bei Müllers plättete die Auguste am offenen Fenster, und eine Treppe tiefer, bei Geheimrats, rührte die dicke Köchin eine Speise ein und sang dazu - beinahe so schön wie Mätzchen. Gegenüber aber, im Kinderzimmer, preßte Annemies Freund, der kleine Rolf, der erst kürzlich krank gewesen und noch blasser ausschaute, als Irenchen, sehnsüchtig das Näschen gegen die Fensterscheibe. Der arme kleine Kerl durfte noch immer nicht ausgehen. Wie gern hätte er wenigstens bei Annemie und ihren Puppen auf dem Blumenbrett gesessen!

Annemie nickte ihrem kleinen Freunde einen Gruß zu, und sämtliche Puppen nickten ebenfalls. Dann aber hatten sie alle noch etwas viel Schöneres zu sehen.

Der Portier drunten im Hof drehte heute zum erstenmal in diesem Sommer den kleinen Springbrunnen wieder auf, der mitten in dem runden Rasenplatz, mit dem der Hof geschmückt war, stand. Ein kleiner, steinerner Nackedei spritzte aus seinem Munde lustig das Wasser heraus. Annemie glaubte, er spüle den Mund, und sämtliche Puppen dachten dasselbe. Ja, Gerda wunderte sich, warum der Steinjunge sich denn mitten auf dem Hof die Zähne putzte! Und ein Hemdchen oder Nachtröckchen hatte er auch nicht mal an, das war doch nicht anständig!

Um den Springbrunnen hatten sich sämtliche Portierkinder versammelt, auch noch ein paar kleine Freunde aus der Nachbarschaft hatten sich dazu gesellt. Denn das war ein Ereignis, wenn der Springbrunnen zum erstenmal wieder ging. Annemie sah von ihrem luftigen Sitz voll Andacht auf den Portier, der dieses Wunder vollbracht. Jetzt stand es bei ihr bombenfest, wenn sie mal groß war, wollte sie aber ganz bestimmt Portier werden.

Es war gut, daß das Blumenbrett Gitterstäbe hatte, sonst wäre Annemie schon längst auf den Hof geplumpst. Die kleine Neugierige kniete auf dem Blumenbrett, um besser sehen zu können, und streckte das Stubsnäschen durch die Eisenstäbe. Auch alle Puppen hatte sie an dem Gitter aufgestellt, denn da unten war es jetzt einfach herrlich.

Karle, der krummbeinige Portierjunge, ließ ein

Papierschiff in dem Springbrunnensee schwimmen. Paule, sein Bruder, peitschte den Kreisel, daß er von einer Ecke des Hofes in die andere hopste. Amanda lief auf Rollschuhen einher, daß es sich wie ein Schnellzug anhörte. Und die übrigen Kinder umstanden die schwarze Grete, die geschwätzige Elster, die in einem Käfig an der Portierloge wohnte und so stolz tat, als ob sie selbst der Pförtner sei. Sobald einer das Haus betrat, rief sie mit krächzender Stimme höflich: »Wohin wünschen Sie, mein Herr?«, und gleich darauf weniger höflich: »Halt' den Dieb - halt' den Dieb!«

Ach, wer doch auch da unten sein dürfte! Mutti erlaubte es nicht, daß ihr Nesthäkchen auf dem Hof spielte, und das fand es dort doch tausendmal lustiger als im Tiergarten.

Plötzlich wurde die kleine Gesellschaft drunten noch lebhafter als zuvor. Das Interesse für die schwarze Grete war mit einemmal

verflogen, all die blauen, grauen und braunen Kinderaugen wandten sich mit seligem Aufleuchten einem ziemlich zerlumpten, alten Manne zu, der den Hof betrat. Auf dem Rücken trug er einen großen Kasten, und in der Hand ein hölzernes Gestell.

»Der Leiermann - der Leiermann ist da!« klang es jubelnd vom Hof herauf.

Auch Annemie klatschte vor Freude in die Hände, und sämtliche Köchinnen machten ihre Küchenfenster auf und guckten heraus.

Der Leiermann stellte sein Gestell auf, setzte den Kasten darauf, drehte die Kurbel »Dudel-Dudel-Leierkasten« - und da begann das Konzert auch schon.

Erst ein lustiger Walzer, die Kinder drunten im Hof umschlangen sich paarweise und begannen zu tanzen. Geheimrats dicke Köchin wiegte sich bei ihrer Speise in den Hüften, die Auguste ließ ihr Plätteisen über die Wäsche tanzen, der blasse Rolf trommelte dazu an die Fensterscheibe, und selbst die schwarze Grete schlug zierlich mit den Flügeln den Takt. Annemie aber drehte ihre Puppen nach der schönen Musik und dachte voll Inbrunst:»Ach, wenn ich doch nicht die Annemie Braun, sondern ein Portierkind wäre, und da unten mittanzen könnte!«

Als der Leiermann geendet, flogen aus vielen Fenstern in Papier gewickelte Geldstücke herunter, die er dankend aufsammelte, wobei ihm die Kinder halfen.

Auch Annemie lief zu Mutti, die mit Fräulein die Wintersachen gegen Motten verwahrte. Da roch es ganz abscheulich nach Kampfer und Pfeffer und krabbelte in dem Näschen.

»Hatschi - hatschi,« nieste die Kleine,»Mutti, ach, bitte, schenke mir doch einen Sechser für den Leiermann unten - hatschi - hatschi.«

Mutti lachte über ihr niesendes Töchterchen und gab Nesthäkchen das gewünschte Geldstück.

Eifrig lief die Kleine damit zu ihrem Gärtchen zurück. Sie wickelte das Geld in Zeitungspapier und - hast du nicht gesehen - da sauste es durch die Luft, dem kleinen steinernen Nackedei im Springbrunnen gerade an den Kopf. Hops, ging die Reise weiter in den Springbrunnen hinein, daß das Wasser aufspritzte.

»Mein Geld, mein Geld ist ertrunken!« schrie Annemie herab zu den dudelnden Polkaklängen.

Der krummbeinige Portierkarle hörte mit tanzen auf, fischte das Geld aus dem flachen See und legte es auf den Leierkasten.

»Schönen Dank auch, kleines Fräulein!« rief der Leiermann herauf und nahm sogar seinen verbeulten

Hut ab. Dann spielte er einen feinen Galopp. Hoppla - wie die Böcklein sprangen die Jören unten auf dem Hof durcheinander - hoppla - noch viel ausgelassener hopsten oben die Puppenjören.

Gerda galoppierte mit dem wilden Kurt das Blumenbrett entlang, da rief sie plötzlich:»Mein Schuhchen - mein Goldkäferschuhchen!«

Sie sowohl wie ihr Mütterchen spähten erschreckt durch das Eisengitter herab. Da sahen sie gerade noch ein kleines, goldbraunes Ding unten auf dem Rasen landen.

Ratlos sahen die beiden sich an.

Annemie fand zuerst die Sprache wieder.

»Das kommt davon, Gerda, wenn man so wild ist! Nun kannst du sehen, wie du dein hübsches Schuhchen wiederbekommst. Am Ende denkt der Leiermann noch, es ist Geld und wirft es in seine Büchse«, so schalt die kleine Puppenmama.

Die Puppe machte ein ganz zerknirschtes Gesicht, es zuckte weinerlich um ihre Mundwinkel.

Da tat Annemie ihr Nesthäkchen leid. Sie nahm es auf den Arm und sagte:»Komm, wir wollen Hanne bitten, daß sie dir das Schuhchen wieder holt.«

Aber die Küche war leer, Hanne mußte einholen gegangen sein. Auch Frida war nirgends zu erblicken.

Noch einen Augenblick überlegte Annemie zaudernd, dann stand sie an der Küchentür und - husch - husch - da war sie auch schon mit ihrer Gerda die Hintertreppe hinab.

Ihr Herz klopfte so laut, daß Gerda es hören konnte, denn die Kleine wußte sehr wohl, daß sie etwas Verbotenes tat. Aber sie beschwichtigte die Stimme ihres Gewissens, die sie warnte und ihr riet, umzukehren:»Ach was, ich bin ja gleich wieder oben - Fräulein merkt es überhaupt gar nicht bei ihren Motten!«

Als Annemie jedoch erstmal auf dem Hofe unter den ausgelassenen Kindern war, da hörte sie überhaupt nicht mehr auf die mahnende Stimme in ihrer kleinen Brust.

Nein, war das fidel hier unten, noch tausendmal lustiger, als es sich vom Blumenbrett aus angesehen hatte.

Längst hatte Gerda ihr Goldkäferschühchen wieder an und wäre am liebsten schnell wieder hinaufgelaufen, aber ihre kleine Mama dachte nicht daran. Die ließ sich laut jauchzend von dem kleinen steinernen Nackedei im Springbrunnen bespritzen, und auch Gerda bekam eine Dusche ab. Dann drehte sie sich mit dem krummbeinigen Karle im Polka. Drauf tanzte sie mit Paule sogar einen Two-step, und schließlich hopsten die nackten Beinchen von Doktors Nesthäkchen am übermütigsten unter all den anderen Kinderbeinen umher.

Amanda hatte Gerda auf den Arm genommen und strich bewundernd über ihr feines Kleid, und all die anderen kleinen Mädchen standen herum und blickten voll Neid auf die schöne Lockenpuppe. Aber Gerda konnte sich über die Bewunderung der fremden Kinder nicht freuen, sie hatte ein zu schlechtes Gewissen, weil Annemie gar nicht mehr daran dachte, umzukehren. Denn schließlich trug das entsprungene Goldkäferschuhchen doch die Schuld an ihrem Fortlaufen. Himmel, wenn man sie beide oben vermißte.

Der Leiermann hatte inzwischen seinen Kasten wieder aufgeschnallt und machte Miene, ein Haus weiterzugehen. Die Kinder liefen alle hinterdrein.

Annemie, die sich gerade mit der schwarzen Grete unterhielt und sich darüber totlachen wollte, daß diese »mein Herr« zu ihr sagte, überlegte keinen Augenblick. Sie faßte ihre Gerda an die Hand, trotzdem dieselbe durchaus nicht mit wollte, und lief hinter den fremden Kindern her.

Nicht an Muttis Verbot dachte das unartige Kind, nicht an ihre Angst und Sorge. Annemie dachte einzig und allein an den Leierkasten.

Währenddessen trat Fräulein oben in die Kinderstube und sagte: »So, Annemiechen, jetzt bin ich fertig, nun wollen wir uns anziehen und spazierengehen.«

Aber keine Annemie saß auf dem Blumenbrett.

Gewiß hatte sich der Kobold wieder irgendwo versteckt, und Fräulein sollte sie suchen. Aber weder unter dem Bett, noch hinter dem Spielschrank, ja, nicht einmal hinter dem Garderobenvorhang, der doch den beliebtesten Versteck bildete, war Annemie zu finden. Ob Fräulein auch noch so viel rief: »Annemiechen, Kind, es wird zu spät!« keine Annemie kam zum Vorschein.

Fräulein begann das Herz vor Angst zu schlagen. Vom Blumenbrett konnte das Kind nicht heruntergefallen sein, es war ja bis obenhin vergittert. Der Hof war leer, nur die schwarze Grete saß dort im Sonnenschein.

Hätte Fräulein bloß die Puppen nach Annemarie gefragt, die hätten

schon gewußt, wo ihr Mütterchen geblieben war, aber daran dachte Fräulein nicht.

Die lief in höchster Aufregung zur Mutter und rief: »Gnädige Frau, unsere Annemie ist fort!«

Mutti wurde ganz blaß vor Schreck, dann aber sagte sie, sich selbst beruhigend: »Ach was, Fräulein, das Kind wird bei den Mädchen sein.«

»Die Mädchen sind beide mit der Wäsche zur Rolle

gegangen.« Trotzdem jagte Fräulein in die Küche, und Frau Doktor voll Sorge hinterher. Da fanden sie die offengebliebene Küchentür.

Nun war es ja klar - Annemie war fortgelaufen!

»Ich gehe gleich zur Polizei - mein Nesthäkchen - meine Lotte - wo mag sie bloß sein?« jammerte die Mutter und hatte bereits den Hut auf.

»Vielleicht hat der Portier sie gesehen, wenn sie die Hintertreppe hinuntergelaufen ist, wir wollen ihn doch jedenfalls fragen«, riet Fräulein. Damit eilten beide Damen die Hintertreppe hinab.

Der Portier hatte viele Kinder auf dem Hofe gesehen, aber ob Doktors Kleine dabei gewesen, das wußte er nicht genau.

Da erschienen, gerade als Mutti in ihrer Angst zur Polizei laufen wollte, Hanne und Frida mit ihrem Wäschekorb auf dem Hofe. Und wer lief nebenher, mit heißen Wangen und glänzenden Augen? Das ausgekniffene Nesthäkchen mit ihrer Gerda, das die Mädchen auf der Straße aufgelesen und mit heimgebracht hatten.

»Mutti - Muttichen - war das fein - wir haben nach dem Leierkasten getanzt, ich kann schon Two-step!« rief die Kleine selig, ohne auf Muttis und Fräuleins besorgte Mienen zu achten.

Mutti aber nahm ihr Töchterchen fest an die Hand, als ob sie Furcht hätte, daß sie ihr aufs neue entwischen könnte, und sagte mit einem Gesicht, das nichts Gutes verhieß: »Wir sprechen uns oben!«

Ach, das wurde eine ernste Unterhaltung zwischen Mutti und ihrem Nesthäkchen, und die Rute hinter dem Spiegel sprach auch ein Wörtchen mit. Die zeigte, daß sie genau so schön tanzen konnte wie Annemie. Und das schlimmste war, daß ihr Kind, ihre

Gerda, die Schmach mit ansah.

Die kleine Ausreißerin durfte mittags nicht zu Tisch kommen, sie mußte in ihrem Kinderzimmer allein mit Gerda essen. Wie schämten sich die beiden vor Vater und vor den Jungen.

Am meisten aber schämte Annemie sich vor der schwarzen Grete. Denn sobald der Vogel sie jetzt erblickte, rief er, daß es durch das ganze Haus schallte: »Halt' den Dieb - halt' den Dieb!«

9. KAPITEL »MORGEN WIRD GEFEGT!«

Es war schon spät, Annemie hatte bereits ihre sämtlichen Kinder zu Bett gebracht, und nun war es auch für sie die höchste Zeit, schlafenzugehen. Denn der Mond stand schon am Himmel. Aber das kleine Mädchen mochte davon nichts wissen. Erst wollte sie noch ganz schnell mit Irenchen beten, dann mußten Mariannchens Augen noch mit Salbe eingeschmiert werden, und schließlich hatte sie vergessen, ihrer Gerda den Gutenachtkuß zu geben.

»Annemie, wenn du jetzt nicht ganz brav bist und dich schnell ins Bett bringen läßt, gehen wir morgen nicht auf den Platz, wo die Kinder so schön Kreis spielen«, drohte das Fräulein. Das half. Denn Annemies sehnlichster Wunsch, mit dem sie Fräulein schon tagelang quälte, war, sich an den Spielen der lustig singenden Kinder beteiligen zu dürfen.

»Ich muß nur noch Mutti schnell Gutenacht sagen, Fräulein, dann bin ich gleich wieder da!«

Dies ließ sich hören. Aber an der Schwelle zum Wohnzimmer, das sie durchschreiten mußte, um ins Eßzimmer zu kommen, blieb die Kleine unschlüssig stehen. Es war schon so dunkel darin, so schrecklich dunkel, das dumme kleine Mädchen fürchtete sich.

»Fräulein,« rief sie, zurücklaufend, »liebes, gutes einziges Fräulein, komme doch, bitte, mit mir mit.«

»Warum denn?« sagte diese. »Mußt du von hier bis ins Eßzimmer Reisegesellschaft haben?«

»Nein, aber -« die Kleine schämte sich jetzt doch ihrer dummen Furcht.

»Dann gehe nur so ins Bett«, sagte Fräulein, welche die schwache Seite der Kleinen kannte und löste ihr bereits die Haarbänder aus den Rattenschwänzchen.

»Nein, das geht doch nicht,« ereiferte sich Nesthäkchen, »wenn man seiner Mutti keinen Gutenachtkuß
gegeben hat, kann man überhaupt nicht einschlafen
- nicht wahr, Gerda?« Annemie trat an ihr Gitterbett.
Aber Gerda hatte die Augen bereits fest geschlossen
und antwortete nicht mehr.

»Bitte, liebes, allerbestes Fräulein, geh doch mit mir
mit«, bat die kleine Schmeichelkatze aufs neue, kletterte auf den Stuhl, schlang die Arme um Fräuleins
Hals und schmiegte ihr süßes Gesichtchen an Fräuleins Wange.

Da war es schwer, Klein-Annemarie etwas abzuschla-
gen.

»So sag' wenigstens, warum du nicht allein gehen
willst«, verlangte Fräulein.

»Es ist so gräßlich dunkel im Wohnzimmer und - ich
graule mich so toll!« gestand das Angsthäschen.

»Du graulst dich - ja, aber vor wem denn bloß?«

»Vor - vor - Klaus könnte am Ende wieder als Rot-
käppchen-Wolf hinter einem Sessel sitzen und mir
Angst machen.«

Fräulein öffnete die Tür zum Jungenzimmer.

»Klaus sitzt hier ganz artig bei seinem Abendbrot,
siehst du, der denkt gar nicht daran, dir einen Schreck
einzujagen. Du kannst ruhig gehen, Annemie, zeige,
daß du ein großes, verständiges Mädel bist.«

Aber Annemie wollte nicht groß und verständig sein.
Fräulein sollte lieber mitkommen.

»Denn am Ende - am Ende ist der schwarze Mann
drin im Wohnzimmer!« flüsterte die Kleine scheu und
verbarg das Gesicht hinter den Händchen.

»Aber Annemie« - jetzt wurde Fräulein wirklich böse
- »wie kommst du denn auf solchen Unsinn! Es gibt
keinen schwarzen Mann!«

»Nein, bloß einen braunen!« gab Nesthäkchen bereitwilligst zu.

»Auch keinen braunen, du Dummchen; woher hast du denn nur diesen Unfug?«

»Frida hat es doch gesagt - neulich, als du abends im Theater warst, Fräulein, und ich gar nicht einschlafen wollte, sondern immerzu im Bett mit Gerda umhertobte, da drohte sie mir: ´Der schwarze Mann kommt!` Er wäre schon im Wohnzimmer, sagte sie.«

»Das ist sehr unrecht von Frida, dir sowas vorzureden, aber von meiner kleinen Annemie ist es ebenso unrecht, solch dummes Zeug zu glauben. Du weißt doch, daß der liebe Gott überall bei dir ist und dich beschützt.«

»Ja, aber vielleicht hat er an dem Abend schon geschlafen.«

»Der liebe Gott schläft nie, der beschirmt die Menschen auch in der Nacht, Herzchen.«

»Kommt denn der Sandmann gar nicht zum lieben Gott?«

»Nein, Kind.« Fräulein mußte lächeln.

»Na, da möchte ich auch lieber Gott sein und niemals abends in das olle Bett gehen müssen!« sagte Nesthäkchen mit einem tiefen Seufzer.

Aber sie hatte es doch durchgesetzt, daß Fräulein ein Licht anzündete, um dem dummen, kleinen Mädchen zu beweisen, daß es im Wohnzimmer nichts, aber auch rein gar nichts gab, wovor man sich fürchten konnte. Und nachdem Annemie nun endlich ihren Gutenachtkuß von Mutti erhalten hatte, und in ihrem Bettchen lag, da war sie doch eigentlich schrecklich froh, daß sie nicht der liebe Gott war und die ganze Nacht auf die vielen, vielen Menschen aufpassen mußte. Denn die Augen fielen ihr fast zu, so müde war sie.

Am nächsten Tage ging Fräulein mit der Kleinen auf den Spielplatz, wo die Kinder Kreis zu spielen pflegten, wie sie es versprochen. Nachdem sie sich noch überzeugt hatte, daß keins von den singenden Kleinen irgendwie verdächtig hustete, bekam Annemie endlich die Erlaubnis, teilzunehmen.

»Frag' du, ob sie mich mitspielen lassen wollen, Fräulein«, bat sie schüchtern.

»Nein, Kind, du hast ja selbst einen Mund, wenn du Lust hast, mitzuspielen, mußt du auch allein darum bitten.«

»Ich schoniere mich so«, flüsterte Annemie und senkte den Blondkopf fast bis zur Erde.

»Du brauchst dich nicht zu genieren,« verbesserte Fräulein, »geh nur, Herzchen.«

Aber dazu konnte sich Annemie nicht entschließen. Sie stand mit ihrer Gerda dicht neben dem herumhopsenden Kreis, und alle beide machten sie sehnsüchtige Augen. Man sang gerade »Es ging ein Bauer ins Holz«. Ach, wie gern wären die zwei auch das »Kürbisweib« gewesen, oder wenigstens Knecht oder Peitsche.

Doch, als jetzt gespielt wurde »Wollt ihr wissen, wie der Bauer«, da fand Annemie das so wunderschön, daß sie ihre Schüchternheit überwand.

»Du, darf ich vielleicht mitspielen?« fragte sie, rot werdend ein Kind, das ihr zunächst stand.

Das aber sang, statt zu antworten, mit plärrender Stimme: »Sehet so - so fährt der Bauer, sehet so - so fährt der Bauer, sehet so - so - fährt der Bauer seine Garben vom Feld.« Und dann fuhren sie alle als Erntewagen im Kreise umher, und fuhren die sehnsüchtig danebenstehende Annemarie sogar über.

»Au!« schrie diese, rieb sich ihr getretenes Füßchen und fing an zu weinen. Aber sie weinte nicht vor Schmerz, sondern weil man sie nicht mitspielen ließ. Da wurde ein größeres Mädchen auf das weinende kleine Ding aufmerksam.

»Komm, weine nicht, Kleine,« sagte sie tröstend, »spiele lieber mit uns«, und sie nahm Annemie an die Hand.

Die strahlte, trotzdem ihr noch immer die Tränen über die Bäckchen kullerten, sofort vor Glückseligkeit. Mit der rechten Hand faßte sie das nette Mädchen an, mit der linken Puppe Gerda, die ihre Hand wiederum einem kleinen Jungen reichte, der ebenso dick wie lang war.

So ging es ausgelassen im Kreise umher, während sie sangen: »Wenn wir fahren auf der See, wo die Fischchen schwimmen ...«

Annemarie war Goldfisch, und Gerda war Tintenfisch. Aber als der Tintenfisch jetzt den anderen Fischlein folgen und die Vorirgehende hinten am Kleid anfassen sollte, da zeigte es sich, daß Gerda noch zu dumm dazu war. Annemie nahm sie auf den Arm und sagte entschuldigend: »Die Kleine ist noch nicht mal ein Jahr alt, es ist nämlich mein Nesthäkchen!«

Und als man darauf die traurige Geschichte von »Mariechen saß auf einem Stein« spielte, hatte die dumme Gerda Angst, daß sie mit Mariechen zusammen totgeschossen wurde. Sie war froh, daß ihre kleine Mama sie bei dem gefährlichen Spiel »Katze und Maus«, was dann vorgenommen wurde, zu Fräulein in Sicherheit brachte.

Freilich, als sie sah, wie vergnügt die Kinder später »Lange, lange Leinewand« und »Vogelverkauf« spielten, wie sie »Ziehe durch, ziehe durch - durch die

goldene Brücke« sangen, da wäre Puppe Gerda für
ihr Leben gern mit durch die goldene Brücke gezogen.
Aber ihr Puppenmütterchen schien sie ganz verges-
sen zu haben. Das war jetzt nicht mehr schüchtern,
sondern jubelte und juchzte mit am seligsten von al-
len.
Aber mit einemmal erschien Annemie wieder bei
Fräulein und Gerda an der Bank. Sie machte ein
ängstliches Gesicht und wollte nicht mehr mitspielen.
»Hast du dich mit jemand gezankt?« erkundigte sich
Fräulein, der die Sache nicht ganz geheuer vorkam.
»Ach wo,« beteuerte Annemie, »mir ist bloß so heiß«.
Sie zog ihr kleines Taschentuch vor und fächelte sich
Kühlung zu.
Da schallte es jauchzend von dem Kinderchor her-
über: »Wer fürchtet sich vorm schwarzen Mann?«
- »Nicht für 'n roten Heller!« Nun wußte Fräulein
gleich, was die Glocke geschlagen hatte.
»Ei, Annemie,« sagte sie bedeutungsvoll, »du fürch-
test dich doch nicht etwa noch immer vorm schwar-
zen Mann, daß du nicht mitspielen magst?«
Die Kleine schwieg verlegen. Puppe Gerda aber dach-
te höchst respektlos: »Meine kleine Mama ist noch
zehnmal dämlicher als ich!«
»Du weißt doch jetzt, daß es gar keinen schwarzen
Mann gibt, Annemie?« fragte Fräulein wieder.
»Na - warum spielen denn die dummen Jören es
denn, wenn es keinen gibt?« stieß das kleine Mädchen unbehaglich heraus.
»Es ist eben nur ein Spiel, Herzchen, eine goldene
Brücke gibt es ja auch nicht, und Leinewand, die Beine hat und von allein wegläuft, noch viel weniger.
Spiele nur ruhig mit, dann wirst du sehen, wie hübsch
das Spiel ist, und daß mein kleines Dummchen davor

nicht bange zu sein braucht.«

Annemie zögerte noch ein wenig. Als der Jubel der Kinder aber noch immer mehr stieg, da stellte sie sich wieder ein. Doch als Schutz nahm sie sich jedenfalls Puppe Gerda mit.

Bald klang die Stimme von Doktor Brauns Nesthäkchen am allerkecksten aus dem Kinderchor:»Nicht für 'n roten Heller!« Nein, Annemie fürchtete sich jetzt »nicht für 'n roten Heller« mehr vor dem schwarzen Mann - und Gerda schon lange nicht.

So fein war es noch nie im Tiergarten gewesen wie heute. Aber alles hat mal ein Ende, und schließlich auch ein Vormittag. Ein Kind nach dem anderen nahm Abschied, und auch Annemie gab jedem die Hand und versprach, morgen wiederzukommen.

»Nicht wahr, Fräulein, wir gehen doch morgen wieder her?« bat sie auf dem Heimweg.

»Freilich, wenn du heute brav bist«, versprach Fräulein.

Da gab sich Annemie Mühe, ganz musterhaft artig zu sein, denn sie wollte zu gern wieder mit den Kindern spielen.

Als Fräulein am Nachmittag einen Geburtstagsbrief an ihre Mutter schrieb, ging Annemie in ihrer musterhaften Artigkeit lieber aus der Kinderstube, um Fräulein nur ja nicht zu stören. Bei Hanne in der Küche war es auch sehr hübsch. Sämtliche Puppen nahm die Kleine mit sich, daß nur keine bei Fräulein drin Lärm machte, vor allem der wilde Kurt.

»Freuen Sie sich, Hanne, daß wir Sie ein bißchen besuchen?« fragte Nesthäkchen und hielt ihren Einzug in der Küche mit Kind und Kegel.

»Na ob!« Hanne lachte über das ganze rote Gesicht und scheuerte weiter ihre Töpfe.

Aber als sie sich nach einem Weilchen wieder um-
schaute, weil Annemie sich geradezu beängstigend
artig und ruhig verhielt, da lachte sie nicht mehr.
Herrjeh - wie sah ihre schöne saubere Küche aus!
Den ganzen Sandkasten hatte der kleine Besuch auf
die Fliesen geschüttet und sämtliche Kinder hineinge-
setzt. Mit einem Löffel und einem kleinen Topf back-
ten sie dort nach Herzenslust Kuchen.
»Wir sind nämlich hier im Tiergarten, Hanne, auf dem
Sandspielplatz!« erklärte die Kleine schnell, als sie
das entsetzte Gesicht der Köchin sah. Schimpfte sie
auch nicht?
Nein, die gute Hanne hatte Nesthäkchen viel zu lieb,
um böse zu sein. Sie fegte nur den verstreuten Sand
zusammen und meinte:»Weißt du was, Annemiechen, spiele lieber was anderes.«
Damit war das kleine Mädchen auch einverstanden,
denn es wollte ja heute musterhaft artig sein. Nun
wurden Hanne zum Dank, daß sie nicht geschimpft
hatte, in Gemeinschaft mit den Puppen all die schönen Spiele vorgeführt, die Annemie heute im Tiergarten gespielt hatte.
Leider stellten die Puppen sich recht dumm dabei an.
Auch zankten sie sich miteinander. Kurt mochte Irenchen nicht anfassen, und Lolo wollte durchaus »Mariechen auf dem Stein« sein und sich ihr goldenes
Haar kämmen, trotzdem sie doch schwarze Neger-
haare hatte. Mariannchen stolperte über ihre eigenen Füße und schlug sich eine Beule an der Stirn. Da
machte Annemie kurzen Prozeß und setzte die Puppen als Zuschauer auf den Küchenschrank. Nur Gerda
durfte mit ihr Vorstellung geben.
»Hanne, haben Sie etwa Angst vorm schwarzen
Mann?« fragte Nesthäkchen vorsorglich, ehe sie an

das schönste Spiel ging.

»I bewahre«, schmunzelte Hanne.

»Na, wir auch nicht, nicht wahr, Gerdachen?«

»Und mit schallender Stimme, daß alle Töpfe wackelten, ertönte es:» Wer fürchtet sich vorm schwarzen Mann?« - »Nicht für 'n roten Heller!«

Es klingelte an der Hintertür.

Aber bei ihrem begeisterten Sang hatte die Kleine es überhört. Erst als Hanne öffnen ging, kam Nesthäkchen neugierig näher.

»Hu - der schwarze Mann!« Laut aufkreischend vor Schreck fuhr die Kleine zurück und verkroch sich in die entfernteste Ecke.

Ja, da stand er, der schwarze Mann, eine Leiter auf der Schulter und einen Besen in der Hand.

»Morgen wird gefegt!« rief er mit lauter Stimme. Aber als er die Furcht des dummen kleinen Mädchens sah, da lachte er, daß die weißen Zähne in dem schwarzen Gesicht blitzten.

»Du hast doch nicht etwa Angst vor mir, Kleine?« fragte er gutmütig.

Und Annemie, die eben noch so keck »nicht für 'n roten Heller!« gesungen hatte, verbarg zitternd das Gesicht hinter der Schürze.

»Du Dummerchen, das ist doch bloß der Schornsteinfeger!« beruhigte die gute Hanne sie.

Da nahm Annemie endlich die Schürze vom Gesicht, doch sie schielte noch immer mißtrauisch zu dem schwarzen Mann hin.

Die Puppen aber saßen auf dem Küchenschrank und lachten ihre dumme kleine Mama tüchtig aus.

10. Kapitel. Der Mohrenkopf.

»Wir kriegen Besuch - Tante Albertinchen kommt heute!« Jubelnd tanzte Annemie durchs Zimmer.

Tante Albertinchen war eine alte Dame, die nur selten den weiten Weg machen konnte. Aber Annemie freute sich jedesmal, wenn sie zu Besuch kam. Erstens hatte sie in ihrem umfangreichen Perlpompadour immer irgend etwas Süßes für das Nesthäkchen. Zweitens durfte die Kleine ins Speisezimmer kommen, »Guten Tag« sagen, und auch ein Weilchen drin bleiben, weil sie Tante Albertinchens Liebling war. Und drittens, und das war die Hauptsache, gab es jedesmal Kuchen und Schlagsahne.

Auch heute hatte Nesthäkchen, bevor die Tante noch eintraf, prüfend den Kaffeetisch in Augenschein genommen.

Mmmm - der große Mohrenkopf und daneben die prächtige Marzipankartoffel, die beiden stachen der Kleinen am meisten von allen Kuchen in die Augen. Annemie klopfte sich im Vorgeschmack der verlockenden Dinge den kleinen Bauch. Wenn sie doch auch eine alte Tante wäre und sich nach Herzenslust etwas von der Kuchenschüssel aussuchen dürfte!

»Mutti, kriegen wir heute auch Kuchen?« erkundigte sie sich erwartungsvoll.

»Wenn Tante Albertinchen noch etwas übrig läßt!« lächelte Mutti.

»Och, das kann sie doch gar nicht alles allein aufessen, alte Damen haben überhaupt immer einen schwachen Magen. Da ist sie morgen bestimmt krank!« prophezeite Nesthäkchen menschenfreundlich.

Allerdings der Weg, den Tante Albertinchen bis

hierher zu machen hatte, war weit - da konnte man schon ordentlichen Hunger kriegen!

»Weißt du, Muttichen« - jetzt hatte das angestrengt nachdenkende kleine Mädchen endlich einen Ausweg gefunden -»du könntest ja vielleicht an den Mohrenkopf oder an die Marzipankartoffel, oder vielleicht auch an beides, ein Zettelchen mit meinem Namen ankleben, damit Tante Albertinchen gleich Bescheid weiß, daß sie für mich bestimmt sind.«

»Sie sind aber gar nicht für dich bestimmt, Lotte, sondern für die Tante!« lachte Mutti.

Damit mußte sich Annemie bescheiden. Sie lief ins Kinderzimmer, stellte sich ans Fenster, blickte fromm zu dem blauen Himmel empor und faltete ihre Händchen:»Lieber Gott,« so betete sie,»du siehst doch alles und kannst alles machen. Sorge doch, bitte, dafür, daß Tante Albertinchen nur Streußelkuchen und Brezel nimmt, und den Mohrenkopf und die schöne Marzipankartoffel für mich übrigläßt - amen!«

Etwas beruhigter ging Annemie darauf zu ihren Puppen. Gerda mußte fein gemacht werden, denn sie sollte mit hereinkommen und die Tante begrüßen. Tante Albertinchen hatte ihr Nesthäkchen Gerda noch gar nicht gesehen. Sie würde sich gewiß freuen, Gerdas Bekanntschaft zu machen.

»Sei nur nicht vorlaut, Gerda, antworte nur, wenn die Tante dich etwas fragt. Aber schüchtern und verlegen brauchst du auch nicht zu sein, und dich auch nicht zu schonieren. Und nimm dein hübsches Schürzchen in acht, ich habe es selbst mit meinem kleinen Plätteisen geplättet. Und denn schiele bloß nicht immer nach der Kuchenschüssel hin, das sieht so schrecklich verfressen aus, hörst du, Gerda?« So gab Annemie ihrem Kind Ermahnungen für sein erstes gesellschaftliches

Auftreten.

Gerda nickte zu allem mit dem Kopf. Sie würde sich schon höchst damenhaft benehmen!

Die kleine Mama wurde nun selbst fein gemacht. Ihr Gesicht sah ewig verschmiert aus, und wo sie die schmutzigen Händchen bloß immer her bekam, war Fräulein vollends ein Rätsel. Die blonden Löckchen sprangen stets widerspenstig aus den festgeflochtenen Rattenschwänzchen heraus, wenn sie auch eben erst frisiert worden war.

Heute steckte Fräulein ihr, Tante Albertinchen zu Ehren, Schnecken über den Ohren auf und band eine rosa Seidenschleife hinein. Annemie war das gar nicht recht, weil sie dabei so lange stillstehen mußte. Aber in dem verheißungsvollen Gedanken an den Mohrenkopf auf der Küchenschüssel drin, ließ sie alles ruhig über sich ergehen.

»So, nun mache dich ja nicht schmutzig, Annemiechen, ich muß den Damen jetzt den Kaffee auftragen«, sagte Fräulein, nachdem sie der Kleinen noch ein weißes Stickereischürzchen vorgebunden hatte, ermahnend.

Annemarie fühlte sich fast in ihrer Ehre gekränkt; das wußte sie doch schon längst, sie hatte es Gerda doch sogar schon beigebracht.

»Was spielen wir nun, bis Fräulein wiederkommt?« wandte sich Annemie an ihre Puppen und sah sich unschlüssig in der Kinderstube um. »Radau dürfen wir nicht machen, weil Tante Albertinchen schon so alt ist und das gewiß nicht mehr aushalten kann!«

Da flog ihr Blick über ein kleines Büchelchen, das zwischen den Baukästen hervorlugte.

»Au ja - Abziehbilder!«

Großmama hatte ihr neulich das Büchlein

mitgebracht. Aber da die Kleine bei dem schönen Wetter jetzt stets spazieren ging, war sie noch gar nicht dazu gekommen, die Bilder abzuziehen. Dabei tat sie das doch so schrecklich gern. Erst das feine Panschen und dann die Aufregung, in was für ein Bild sich das weiße Papier wohl verwandeln würde.

Annemie schleppte geschäftig ihren Seifnapf mit Wasser zum Kindertisch und rückte Gerda mit ihrem Stühlchen heran, damit die zugucken konnte, wie schön ihre kleine Mama das verstand. Ein Läppchen zum Befeuchten hatte sie gerade nicht zur Hand. Ach was - sie nahm einfach Babys Windelhöschen, die zum Trocknen auf dem Blumenbrett hingen.

Schwieriger war schon die Frage, wo sie einen Bogen Papier zum Abziehen der Bilder hernehmen sollte.

Bruder Hans, der sonst bei solchen Verlegenheiten seines Schwesterchens stets gutmütig aushalf, hatte Nachmittagsschule, und Klaus, mit dem mochte sie lieber erst gar nicht anfangen.

Aber wozu war denn ihr kleiner Tisch so wunderschön weiß? Der ging doch geradesogut wie der schönste Bogen Papier!

Schwapp - da klebte bereits das erste Bild auf dem Tischchen. Annemie panschte unbekümmert um Puppe Gerdas durchweichte Locken den ganzen Inhalt des Seifnäpfchens über das Bild. Das ließ sich ja wieder füllen. Dann drückte sie mit Babys Windelhöschen auf das nasse Papier. Aber da die Höschen winzig klein waren und nicht genügend deckten, nahm Annemie unbekümmert ihr reines Stickereischürzchen zu Hilfe und drückte nun mit ihrer ganzen gewichtigen kleinen Person, so sehr sie nur konnte.

So, jetzt vorsichtig - ganz behutsam - ein Eckchen des nassen Papiers heben - »siehst du, Gerda, so muß man das machen!«

Mit heißen Bäckchen zog Annemie das Papier herunter - »Hurra, der Struwwelpeter!«

Er war zwar nicht ganz vollständig geworden, die langen Nägel fehlten, und auch die Wuscheltolle war nur halb mit heraufgekommen. Aber er prangte doch immerhin unverkennbar auf dem Kindertischchen.

Annemie wies der bewundernden Gerda stolz ihr Kunstwerk und ging ans zweite Bild.

Der böse Friederich mit Schwester Gretchen erschien über dem Struwwelpeter. Es war nur schade, daß sich das Papier verschoben hatte, und daß der Hund und die schöne Leberwurst dadurch statt auf den Tisch auf Annemies weißes Schürzchen gerutscht waren. Auch der Zappelphilipp zappelte vom Tischchen herunter und auf Annemies rosa Batistärmelchen. Die nassen, leeren Papiere aber klebte das Doktortöchterchen sich und Gerda auf die Bäckchen und auf die Stirn, die gaben herrliche Pflaster.

Gerade als die kleine Künstlerin in ihrem Eifer das ganze Seifnäpfchen mit Wasser über sich und Gerda statt über das Bild ausgegossen hatte, erklang Fräuleins Stimme aus dem Eßzimmer: »Annemiechen, du sollst reinkommen und der Tante ´Guten Tag` sagen.«

Die Kleine ergriff ihre triefende Gerda und eilte sporn- streichs ins Eßzimmer.

Der Mohrenkopf und die Marzipankartoffel - Himmel, die hatte sie ja über ihre Abziehbilder ganz vergessen! Ein schneller Blick zum Kuchenkorb - die Marzipan- kartoffel war fort, aber der Mohrenkopf thronte noch in seiner ganzen braunen Herrlichkeit auf dem schon etwas zusammengeschmolzenen Kuchenvorrat.

»Annemie - Lotte - wie siehst du denn aus!« Mutti und Fräulein riefen es entsetzt wie aus einem Munde,

noch ehe die Kleine vor Tante Albertinchen ihren
Knicks machen konnte.
»Ich - ach Gott, ich hab' mich wohl etwas naß ge-
planscht, aber das trocknet wieder!« beruhigte Nesthäkchen die beiden und reichte Tante Albertinchen
mit einem Knicks das Händchen.
»Guten Tag, mein Herzchen« - da aber zog die Tante ihre feine, geäderte Hand schnell zurück, denn das
Kinderhändchen, das sich ihr bot, war naß und kle-
brig.
»Aber Annemie, was hast du denn bloß inzwischen
angestellt?« rief Fräulein wieder, die sich erst allmählich von ihrem Schreck erholte.
»Ich habe feine Abziehbilder gemacht, den Struwwelpeter und den Zappelphilipp, du wirst dich freuen,
Fräulein«, sagte die Kleine stolz.
»Den Zappelphilipp genießen wir ja hier bereits«,
Mutti hielt Annemies rosa Batistärmelchen vorwurfsvoll in die Höhe. »Nun laß dich bloß erst menschlich
machen, und nimm das schmutzige Papier vom Gesicht, du siehst ja aus wie ein verwundeter Krieger.
Schämst du dich denn gar nicht, dich so vor der Tante
zu zeigen?«
Annemie wurde rot bis zu den blonden Löckchen. Ja,
sie schämte sich vor der Tante, doch nicht wegen ihres wenig besuchsmäßigen Aufzuges, sondern weil
Mutti sie vor der Tante tadelte. Aber als sie jetzt einen scheuen Blick zu Tante Albertinchens lieben, alten Gesicht hinwandern ließ, sah sie, daß die Tante
ihr belustigt zulächelte. Da war sie wieder getröstet.
Ach, Tante Albertinchen war ja so gut, die aß ihr auch
sicher nicht den Mohrenkopf fort! Sie hatte ja schon
die Marzipankartoffel!
Fräulein führte Nesthäkchen ins Kinderzimmer zurück

und machte ihr unterwegs ebenfalls noch Vorwürfe.
Annemie sah betrübt drein, daß ihr Fräulein so böse
auf sie war. Ja, wirklich, Fräulein hatte recht, sie war
ein ganz unachtsames, kleines Mädchen! Da hatte sie
erst Gerda Vorhaltungen gemacht, und sie dann selber nicht befolgt. Aber Fräulein würde schon wieder
gut werden, wenn sie erst ihre schönen Abziehbilder
drin sah.

Doch zu Annemies größtem Staunen äußerte sich
Fräulein durchaus nicht freudig beim Anblick ihrer
schönen Bilder.

»Um Himmels willen - du bist ja heute ein ganz
schreckliches Kind - nicht nur, daß du dein hübsches
Kleid und deine Schürze beschmutzt, jetzt hast du
auch dein Kindertischchen total verdorben. Zur Strafe
dürftest du jetzt eigentlich gar nicht wieder zur Tante
rein«, schalt Fräulein aufgebracht.

»Ach, liebes Fräulein, ich kann doch nichts dafür,
wenn gerade kein Bogen Papier da war, und das
Tischchen seift Frida wieder ab, und die Tante, die
wäre schrecklich traurig, wenn ich nicht wieder rein
käme. Am Ende stirbt sie sogar davon, weil sie schon
so alt ist!« weinte Annemarie.

Der letzte Grund schien Fräulein zu rühren, sie begann Annemie wieder besuchsfähig zu machen. Aber
das war ein schwieriges Stück Arbeit. Die aufgekleb-
ten Pflaster lösten sich nur schmerzhaft ab, doch Annemie schrie bloß ganz leise, damit Tante Albertinchen nicht etwa in Ohnmacht fiel.

Nun noch Gesicht und Hände sauber gewaschen, das
Blümchenkleid übergezogen, und Annemie war wieder fertig.

Aber sie ging noch nicht. Erst mußte Fräulein wieder gut sein. Das hielt die Kleine nicht aus, daß ihr

Fräulein böse auf sie war. Die Versöhnung fiel denn auch von Annemies Seite so stürmisch aus, daß die Haarschnecken ins Rutschen kamen. Nachdem sie wieder befestigt, konnte Annemie endlich wieder mit ihrer Gerda antreten.

»Was meinst du, Gerdachen, ob der Mohrenkopf wohl noch da sein wird?« flüsterte sie ihrer Puppe aufgeregt auf dem Wege ins Ohr.

Die machte ein zweifelhaftes Gesicht.

Aber nein - da lag er noch, Annemie wußte es ja: Tante Albertinchen war gut!

Jetzt ergriff auch die Tante ohne Zögern die kleine Hand und küßte ihren Liebling herzlich.

»So gefällst du mir, Annemiechen, also das ist deine neue Gerda? Guten Tag, mein Kind.«

Gerda machte einen wohlerzogenen Knicks.

»Wie alt bist du denn, Kleine?«

Gerda schwieg verlegen.

»Sie schoniert sich«, erklärte ihr Mütterchen.

Nachdem die Tante sich ein Weilchen mit Annemie und Gerda unterhalten hatte, wandte sie sich wieder Mutti zu. Nesthäkchen stand daneben und tat das, was sie vorhin ihrem Kinde streng verboten hatte: Sie ließ ihre Blauaugen zwischen dem Mohrenkopf und Tante Albertinchens umfangreichen Perlpompadour hin und her wandern.

Die Tante schien ihre Gegenwart augenscheinlich ganz vergessen zu haben. Annemie fand es für angemessen, sich wieder in Erinnerung zu bringen.

»Es dauerte lange, Tante Albertinchen!« sagte sie mit schelmischem Lächeln.

»Was denn, Herzchen, mein Besuch?«

»Nein - aber - - -« ein sprechender Blick auf den Perlpompadour vollendete den Satz.

»Aber Lotte,« rief Mutti ungehalten, »wer wird denn betteln!«

Doch das gute Tante Albertinchen lachte. »Das ist recht, Herzchen, daß du mich daran erinnerst. Wenn man erst so alt ist wie ich, da vergißt man manches!« Sie zog zu Annemies Begeisterung eine große Tüte Schokoladenplätzchen aus dem Pompadour.

Die Kleine dankte mit einem seligen Knicks. Es war doch besser, daß sie Tante Albertinchen erinnert hatte!

Nun hätte Annemie eigentlich wieder in ihr Kinderzimmer gehen können, aber da war ja noch etwas, was sie fesselte - der Mohrenkopf!

Warum Mutti auch die Tante soviel aufforderte, zuzulangen - jetzt bot sie ihr gerade wieder die Kuchenschüssel.

Annemies Herz zitterte - nein, Tante Albertinchen war gut, die nahm eine Brezel. Aber morgen würde sie ganz sicher an verdorbenem Magen im Bett liegen!

»Hast du gar keine Angst, daß du sterben mußt, Tante?« fragte die Kleine teilnehmend.

»Meinst du, weil ich schon so alt bin, Herzchen?« erkundigte sich die Tante verwundert.

»Nein - wegen des vielen - - - aber Muttchens verweisender Blick ließ Annemie ihre gastfreundliche Rede nicht zu Ende bringen.

»Es ist Zeit für dich, wieder in das Kinderzimmer zu gehen«, sagte Mutti nachdrücklich.

Tante bat für ihren Liebling.

»Laß sie mir doch noch ein bißchen, ich habe sie ja so selten«, sagte sie und zog Nesthäkchen an sich.

So mußte Annemie aus nächster Nähe mit ansehen, wie sich Tante die Brezel schmecken ließ. Was das bloß für eine dumme Mode war, daß Kinder immer

nur den übriggebliebenen Kuchen erhielten! Wieder reichte Mutti der Tante den Kuchenkorb, wieder zitterte Klein-Annemaries Herzchen. Tante wollte durchaus nicht mehr nehmen, aber Mutti quälte:
»Nur noch ein kleines Stückchen!«
Tante Albertinchen griff, während sie sich mit Mutti weiter unterhielt, ohne hinzusehen, nach dem Kuchen.

Nesthäkchens Augen wurden schreckensweit, und auch Gerda schaute entgeistert drein.

Da lag er, der schöne Mohrenkopf - auf Tante Albertinchens Teller!

Grenzenlose Enttäuschung quoll in Klein-Annemie empor, mit tränenerstickter Stimme rief sie: »Mein Mohrenkopf - das ist meiner!«

Gerda war erstarrt über die Ungezogenheit ihrer kleinen Mama. Noch viel erstarrter aber war Mutti. Die kannte ihr sonst so artiges Nesthäkchen heute gar nicht wieder.

Tante Albertinchen jedoch wandte sich freundlich um. »Ach, den wolltest du wohl haben?« Und mit gütigem Lächeln reichte sie der Kleinen ihren Teller mit dem ersehnten Mohrenkopf.

Da aber legte sich Mutti ins Mittel.

»Annemie hat heute keinen Kuchen verdient, sie war zu unartig! Ich hatte ihr die Marzipankartoffel verwahrt, aber das ist nur was für artige Kinder!«

Soviel auch das gute Tante Albertinchen für Nesthäkchen bat, Mutti blieb fest.

Die Marzipankartoffel bekam Hans, und der Mohrenkopf, den Tante Albertinchen nun auch nicht mehr essen mochte, wanderte in den Magen von Klaus.

Annemarie aber hatte das Zusehen - etsch - das kam davon!

11. KAPITEL.
KNABBER - KNABBER - MÄUSCHEN.

Selten hatte auf Annemie eine Strafe solchen nachhaltigen Eindruck gemacht wie der Verlust des erträumten Mohrenkopfes. Tagelang dachte Naschmäulchen noch mit tiefem Bedauern an sein schönes, braunes Schokoladenkleid. Ihr liebstes Spiel war seitdem: Konditor.

Die Mehl- und Vorkostbude wurde in einen Konditorladen umgewandelt. Annemie machte einen Knoten in jede Ecke ihres Taschentuches, da, hatte sie die feinste Konditormütze. Auch ihr Kurt bekam eine Taschentuchmütze. Er war der Konditorjunge und wurde »Fritze mit der Zippelmütze« genannt.

Auf dem Ladentisch der Mehlbude aber baute der Herr Konditor gar verlockende Sachen auf. Da gab es Sandtorten in allen Größen, jeden Tag im Tiergarten frisch gebacken und dick mit Zucker bestreut. Aus einem von Mutti erbettelten Apfel fabrizierte Annemie Apfelkuchen, Apfelstrudel und Apfeltorte in ihrer kleinen, runden Blechform. Aus Pappe wurden kleine Torteletts ausgeschnitten und mit Kirschkernen belegt. Schokoladenplätzchen ergaben tadellose Schokoladentorten, statt Marzipankartoffel wurde eine richtige Schalkartoffel auf durchbrochenem Tortenpapier ausgestellt. Aber der Mohrenkopf - wo sollte sie den bloß hernehmen? Denn ohne Mohrenkopf war ein Konditorladen doch undenkbar!

Annemie kam auf die seltsamsten Ideen. Es hätte nicht viel gefehlt, dann hätte sie ihrem Kinde, ihrer Lolo, den Kopf abgedreht, denn die Negerpuppe hatte doch einen Mohrenkopf. Aber zum Glück für die arme

Lolo fiel Nesthäkchens Blick auf Fräuleins Strumpf-korb.

Das braune Wollknäuel dort, das gab ja einen prächtigen Mohrenkopf, da würden sich die Puppen alle Finger nach lecken.

Nun konnte das Spiel beginnen. Der Herr Konditor setzte seine Mütze auf, stellte Puppentischchen und Puppenstühle zurecht, falls jemand in der Konditorei Kaffee oder Schokolade zu trinken wünschte, und ließ »Fritze mit der Zippelmütze« als Kellner antreten.

Klinglingling - da ging ja schon die Türschelle. Die erste Kundin kam hereingetrippelt. Es war Irenchen, aber sie stellte eine alte Dame vor und sprach mit zitternder Stimme.

»Was wünscht die gnädige Frau?« Der Herr Konditor dienerte höflich bis zur Erde.

»Ich möchte ein Kirschtortelett mit Schlagsahne«, bestellte die alte Dame und zitterte so sehr mit der Stimme, daß Annemie, die Konditor und Gäste in einer Person spielen mußte, ganz heiser wurde.

»Jawohl - gnädige Frau - bitte einen Augenblick, Schlagsahne wird sogleich frisch geschlagen!«

Die alte Dame nahm an dem kleinen Tischchen Platz und der Konditor nebst Fritze mit der Zippelmütze rasten zur Waschtoilette. Dort schlug der Herr Konditor mit seinem kleinen Schneeschläger aus der Puppenküche im Seifnapf herrlichen Seifenschaum. Der wurde über das Kirschtortelett aus Pappe gekleckst und von Fritze serviert. Leider tauchte ein Zipfel seiner etwas zu großen Zipfelmütze dabei in die Schlagsahne. Aber das störte die alte Dame durchaus nicht, sie ließ es sich trotzdem schmecken.

Der Herr Konditor aber hatte schon wieder neue Kunden zu bedienen.

Diesmal war es ein niedliches, kleines Schulmädchen. Gerda hieß es, und hatte Irenchens Schulmappe aufgeschnallt. Aber da gleich hinterher noch ein schönes Fräulein die Ladenglocke in Bewegung setzte, die sogar einen roten Sonnenschirm hatte, bediente der Herr Konditor erst das Fräulein. Denn Kinder können warten.

»Was bekommt die Dame?« wandte er sich höflich an die Zuletztgekommene.

»Für zwanzig Pfennig Streußelkuchen«, verlangte das Fräulein und zeigte mit der Porzellanhand auf den Apfelkuchen.

»Das ist Apfelkuchen, meine Dame, darf es der vielleicht sein?« fragte der Konditor diensteifrig.

»Ja, bitte, ich bin nämlich so kurzsichtig«, entschuldigte sich Mariannchen mit den verklebten Augen, denn sie war das schöne Fräulein.

»Sonst noch etwas gefällig, meine Dame?«

»Schicken Sie mir zu morgen noch eine Schokoladentorte, mein Name ist Fräulein Magenweh, gleich um die Ecke - adieu«, damit verschwand das Fräulein.

»Empfehle mich - empfehle mich, meine Dame«, Annemie machte ganz genau die Stimme des dicken Konditors, der nebenan wohnte, nach. Aber da sie die Ähnlichkeit noch nicht treffend genug fand, stopfte sie sich noch ein Puppenbett unter die Schürze, um ebenso wohlbeleibt auszusehen.

»Na, spielt meine Lotte schön - siehst du, heute bist du artig, da kann man dich liebhaben«, lobte die durchs Zimmer kommende Mutter. Sie unterzog mit Fräulein die Sommergarderobe ihrer drei Sprößlinge einer gründlichen Musterung. Darum mußte die Kleine sich allein beschäftigen.

Nesthäkchen strahlte über das ganze Gesicht bei

Muttis Lob. Es hatte ihr doch schwer auf der Seele gelegen, daß Mutti neulich, als Tante Albertinchen zu Besuch war, so unzufrieden mit ihrem Töchterchen gewesen war.

Gleich aber erinnerte sich Annemie wieder ihrer Würde und sagte mit einem tiefen Diener:»Entschuldigen Sie, gnädige Frau, Sie irren sich, ich bin nämlich der Herr Konditor und nicht Ihre Lotte! Wünscht die Dame vielleicht einen Mohrenkopf?«

Mutti drohte mit vielsagendem Lächeln, in Erinnerung an die Mohrenkopfgeschichte, und der Herr Konditor wandte sein erglühendes Gesicht schnell einer anderen Kundin zu. Hätte er doch bloß nicht von dem dummen Mohrenkopf angefangen!

Aber als Mutti jetzt das Zimmer verließ, klang es so täuschend mit der Stimme des dicken Konditors hinter ihr her:»Empfehle mich - beehren Sie mich wieder!« daß Mutti ein Lachen nicht unterdrücken konnte.

Der Herr Konditor hatte sich inzwischen zu dem kleinen Schulmädel gewandt.

»Nanu, Kleine, warum weinst du denn?« fragte er erstaunt.

»Weil ich gar nicht herankomme, ich war viel eher da als das kurzsichtige Fräulein Magenweh und die gnädige Frau Mutti - und wenn Sie alle Ihre Kunden so schlecht bedienen wie mich, dann gehen wir einfach zu dem neuen Konditor in der andern Straße.«

»I, du bist ja eine ganz freche Jöre,« sagte der Herr Konditor, mit Recht empört, »geh doch - geh - aber soviel Kuchenkrümel gibt's da nicht für'n Sechser wie hier bei mir.«

Das schien auch Puppe Gerda einzusehen, denn sie kaufte, obgleich sie so geschimpft hatte, ihre

Kuchenkrümel doch lieber in diesem Laden. Nachdem das dreiste Ding die Konditorei verlassen hatte, kam eine ganze Weile gar keiner. Der Herr Konditor ließ sich müde von all der Anstrengung auf einem Stuhl nieder und verzehrte zur Erfrischung selbst eine ganze Schokoladentorte. Fritze mit der Zippelmütze sah neidisch zu.

Klinglingling - da klingelte es wieder. Ein Herr war es, ein Ausländer. Er mußte wohl geradeswegs aus Afrika kommen, so schwarz war er, und hieß Herr Lolo. Merkwürdigerweise schienen die Herren in Afrika weiße, kurze Kniehöschen mit Stickereiansatz zu tragen.

Sein Töchterchen, ein allerliebstes Baby, hatte er auch mitgebracht. Die Mutter des Kindes mußte wohl eine Deutsche sein. Denn das Kleine war zwar etwas schmutzig, aber doch lange nicht so schwarz wie der Mohrenpapa.

»Was willst du essen, mein Herzchen?« fragte der Afrikaner liebevoll sein Töchterchen.

»Mohrenkopf mit Schlagsahne« verlangte das kluge Baby, obwohl es erst ein halbes Jahr alt war.

»Und der Herr? Vielleicht eine Tasse Schokolade gefällig?« fragte der dicke, kleine Konditor und machte drei Bücklinge auf einmal.

Der Herr überlegte einen Augenblick.

»Nein, bringen Sie mir eine Portion Vanilleeis.« Sicher war es in Afrika so heiß, daß man dort nichts weiter als Eis aß.

Der Herr Konditor lief mit einem kleinen Puppenteller in seinen Eiskeller, das war die Küche.

»Hanne, ich muß ganz flink eine Portion Eis haben, der Herr aus Afrika hat es bestellt«, bat er.

Hanne sah die Notwendigkeit ein. Sie schlug von dem

Eis im Eisschrank ein kleines Stückchen ab und legte es auf den Puppenteller.

»Danke schön, liebe Hanne.« Zärtlich schlang der dicke Konditor seine Arme um die dicke Köchin und hopste dann in seinen Laden zurück, daß auch das Eis dreimal vom Teller hopste. Aber der Konditor wischte es mit seiner Schürze wieder sauber ab, und servierte es dem Afrikaner mit einer Verbeugung.

»Einmal Vanilleeis!«

Fritze mit der Zippelmütze, der inzwischen die Schlagsahne zu dem Mohrenkopf für das Baby hatte schlagen sollen, war wieder mal faul gewesen und hatte nichts getan. Er bekam von seinem Herrn eine Backpfeife und wurde sofort aus dem Dienst entlassen.

Der Herr Konditor brachte eigenhändig die Schlagsahne herbei, irrte sich aber und tat sie statt über den Mohrenkopf auf den Teller über Herrn Lolos Mohrenkopf.

Der schrie und schimpfte und lief aus der Konditorei fort, ohne das Vanilleeis zu bezahlen. Sogar sein Baby vergaß er im Ärger.

Fritze aber hatte mit der Stellung auch seine Zippelmütze abgelegt. Er erschien jetzt als niedlicher, kleiner Junge, mit einem Körbchen am Arm.

»Ein Brot mit Kümmel, aber kein altes«, forderte er und legte auch zugleich das Geld auf den Tisch.

Der Herr Konditor sah sich ratlos in seinem Laden um - Herrgott, das Brot war ja alle geworden!

»Ein Augenblick, mein Söhnchen, ich hole ganz frisches aus meiner Backstube«, und wieder ging es in die Küche.

»Hanne, liebe Hanne -« aber die Küche war leer. Die liebe Hanne schien mit dem Mülleimer hinuntergegangen zu sein.

Solange konnte man einen Kunden unmöglich warten lassen. Der kleine Konditor lief selbst an den Brotkasten in der Speisekammer, und weil er kein Messer anfassen durfte, bohrte er mit seinen Fingerchen ein großes Stück Krume aus dem zum Glück schon durchgeschnittenen Brot.

Dann legte er es sorgfältig wieder fort.

Kurt hatte das sauber in Papier geschlagene Brot gerade in seinem Körbchen untergebracht, da erschien ein vierfüßiger Kunde in der offengebliebenen Ladentür. Er lief sofort an den Ladentisch, auf dem die schönen Sachen alle so verlockend aufgebaut standen, und legte die Hände, die in weißen Pelzhandschuhen steckten, auf die Apfeltorte.

»Die Waren dürfen nicht berührt werden!« sagte der Konditor aufgebracht.

Aber der Herr ließ sich nicht stören. Ja, er hatte sogar die Unverschämtheit, ein Stück Kuchen nach dem andern zu beriechen.

»Was wünschen Sie denn, mein Herr?« fragte der Konditor nun schon zum drittenmal.

Die Wahl schien dem Herrn schwer zu werden. Schließlich war er mit sich im reinen. Aber anstatt sich die Torte an dem kleinen Tischchen servieren oder in Papier packen zu lassen, machte er kurzen Prozeß.

Schwapp - da hatte Herr Puck die größte Schokoladentorte mit dem Mund vom Ladentisch wegstiebitzt und lief damit eilig aus der Konditorei.

»Mutti - Mutti - meine Schokolade - meine schönste Schokoladentorte!« Der Herr Konditor eilte schreiend hinter dem Dieb her.

Aber Mutti, welche die Polizei vorstellen sollte, war nicht in ihrem

Zimmer, die hatte Hanne soeben in die Speisekammer

geholt, um ihr zu zeigen, daß unbedingt eine Maus dort sein müsse. Sie habe ein großes Loch ins Brot gefressen.

»Ja, wirklich, Hanne, das beste ist, Sie stellen eine Mausefalle auf«, meinte Frau Doktor Braun.

»Ne, erst mache ich selber Jagd auf die Maus, die ist sicher noch hier in der Speisekammer, denn heute mittag war das Brot noch ganz heil.« Damit begann Hanne voll Jagdeifer die Vorratstonnen und Gläser mit eingemachten Früchten auszuräumen.

Da erschien Nesthäkchen mit der Konditormütze. Aber vor lauter Staunen vergaß sie den Dieb Puck bei der Polizei anzuzeigen.

»Nanu, was ist denn hier los, ziehen wir aus?« fragte sie neugierig.

»Ne, aber wir haben ,ne Maus hier in der Speisekammer.« Hanne schleppte Wein- und Bierflaschen heraus, kein Stück ließ sie an seinem Platz.

»Eine Maus - eine Maus!« jubelte Nesthäkchen und sprang selig zwischen sämtlichen Flaschen und Vorratstüten herum.

Vergessen war der Dieb, vergessen die ganze Konditorei - »eine Maus - eine Maus!« das war ja wundervoll! Annemie half geschäftig beim Auskramen der Speisekammer, zerschlug dabei den Deckel von der Reistonne, ließ die Zwiebeln alle aus dem Zwiebelnetz rollen und unter Küchenschrank und Tisch trudeln, tauchte heimlich das Fingerchen in die Zuckertonne - und zeigte sich auf diese Weise äußerst nützlich.

»Wenn ich die Maus aber kriege, der soll's schlecht gehen - mir solche Arbeit zu machen!« schimpfte Hanne.

»Was tun Sie denn da mit ihr, Hanne?« fragte Annemie neugierig.

»Die wird bei lebendigem Leibe ersäuft!« sagte Hanne ingrimmig.

Das arme Mäuschen - eigentlich tat es Annemie sehr leid. Heimlich wünschte sie, daß Hanne es nicht erwischen sollte.

»Na, Hanne, haben Sie Ihre Maus schon gefunden?« Mutti trat wieder in die Küche.

»Ne, aber ich krieg' sie schon noch, am hellichten Tage so'n Loch ins Brot zu knabbern - solche Frechheit!« Sie hielt das Brot mit dem großen Loch in die Höhe.

Klein-Annemie wurde blaß, und dann purpurrot. Unschlüssig sah sie von dem Brot auf Hanne, und von dieser zu Mutti.

Sie schwankte - sie zauderte - und dann schlang sie plötzlich beide Ärmchen um Hannes breite Hüften und brach in bitterliches Weinen aus.

»Sie sollen das arme Mäuschen nicht ersäufen, Hanne, es kann ja nichts dafür, es hat das Brot doch gar nicht gefressen. Ich hab's genommen, weil ich doch Konditor war, und mein Puppenjunge Brot kaufen wollte«, so jammerte Nesthäkchen.

»Du warst die Maus, na warte, wenn du mir nochmal solche Arbeit machen wirst, Mäuschen -« die Köchin drohte gutmütig und räumte ihre Speisekammer wieder ein.

Aber als Annemie jetzt ängstlich fragte: »Werde ich nun auch nicht bei lebendigem Leibe ersäuft?« da griff Hanne mit lustigem Lachen nach einem großen Eimer, und schreiend nahm Nesthäkchen Reißaus.

12. Kapitel. Schiffer-Lenchen.

Annemies liebster Spaziergang im Tiergarten war die Uferpromenade am Kanal entlang. Da kamen die Entchen, sobald die Kleine ihr Frühstücksbrot herauszog, herangeschwommen und luden sich zu Gaste. Besonders eine Ente war Annemies Liebling. Die war viel schöner als alle die anderen. Sie hatte ein Federkleid, das war rot, grün und gelb und sah aus, als ob es aus lauter Puppenlappen zusammengesetzt sei. Zuerst hatte Annemie geglaubt, die Ente sei gar nicht lebendig, sondern nur ein Spielzeug. Aber als sie den anderen Entchen die meisten Brocken fortgeschnappt, hatte sie Proben von ihrer Lebendigkeit gegeben. Hanne mußte jetzt immer ein Brötchen mehr zum Frühstück schneiden, damit die Entchen auch satt wurden.

Auch viele Schiffe konnte Annemie auf dem Kanal bewundern, kleine und größere. Die hatten schrecklich viele Bausteine oder Kohlen in ihren großen Holzleib eingeladen.

Als Nesthäkchen eines Tages an Fräuleins Hand wieder die Uferpromenade entlangspazierte, sah sie ihre Entchen schon von weitem. Sie bildeten ein großes Federknäuel im Wasser, dicht neben einem Schiff mit Ziegelsteinen.

Annemie zog ein Brötchen heraus. Aber kein Entchen kam herzugeschwommen, nicht einmal ihre besondere Freundin, die bunte.

»Quack, quack, quack, quack, quack« - machte Annemie und schnalzte dabei mit der Zunge. Aber auch auf diese Einladung hin kamen die Entlein nicht näher.

»Entchen, kennt ihr mich denn nicht mehr - ich bin ja die Annemie!« rief das kleine Mädchen ganz betrübt zur Belustigung der Vorübergehenden.

»Wirf ihnen nur ruhig ein Stückchen Brot ins Wasser, du sollst mal sehen, wie schnell sie da herbeikommen werden«, riet Fräulein. Annemie tat, wie ihr geheißen. Aber kein Entchen schwamm herzu. Ob die Kleine auch mit schallender Stimme rief:»Entchen, es ist ja Leberwurst drauf« - nicht einmal die Leberwurst konnte sie locken. Inzwischen war Fräulein mit Annemie dem Ziegelsteinschiffe nahe gekommen.

»Ei, jetzt weiß ich auch, weshalb deine Entchen heute das Frühstück verschmähen,« lachte Fräulein,»ihr Tischlein ist schon wo anders gedeckt. Sieh nur, Annemiechen, drüben auf dem Schiff steht ein kleines Mädchen mit einem großen Musbrot in der Hand, das füttert sie.«

»Es sind aber meine Enten!« Annemie fing beinahe an zu weinen.

Das kleine Mädchen auf dem Schiff mußte wohl Annemaries lauten Ausruf vernommen haben. Es hielt plötzlich damit inne, Brotkrümchen ins Wasser zu werfen, und staunte das feine kleine Mädchen am Ufer bewundernd an. Vor lauter Staunen vergaß es sogar, sein Musbrot selbst weiter zu essen.

Als die Entchen merkten, daß es nichts mehr gab, machte die undankbare Gesellschaft kehrt und schwamm ans Ufer zu Annemie.

Die hopste vor Freude.

»Na, da seid ihr ja alle, schämt ihr euch denn gar nicht, mir erst jetzt ›guten Tag‹ zu sagen? Wenn ich nun schon mein Frühstück allein aufgegessen hätte?«

So plauderte die Kleine, unbekümmert um die Vorübergehenden.

Die Entchen antworteten:»Quack - quack - quack«

und schnappten sich gegenseitig die besten Bissen fort.

»Sieh nur, Annemie, wie niedlich das Schiff ist, auf dem das kleine Mädchen dort drüben steht. Wie ein grünes Häuschen sieht die Wohnung aus, und was für saubere Gardinen an den kleinen Fensterchen hängen«, machte Fräulein Nesthäkchen aufmerksam.

»Ja, und die hübschen Blumen, die in dem großen, grünen Kasten blühen, das ist sicherlich ihr Gärtchen«, meinte die Kleine. »Ach, bitte, liebes Fräulein, wenn wir über die Brücke auf die andere Seite des Wassers gehen, kann ich mir das Schiff ganz in der Nähe angucken.«

Fräulein tat Annemie den Gefallen.

Unterwegs, während ihnen die Entchen das Geleit gaben, mußte Fräulein eine Flut von Fragen über sich ergehen lassen.

»Wieso wohnt das kleine Mädchen auf einem Schiff und nicht in einem richtigen Haus, Fräulein?«

»Weil sein Vater Schiffer ist«, war die Antwort.

»Ich wollte, mein Vater wäre auch Schiffer!« sagte Nesthäkchen mit einem tiefen Seufzer.

»Aber Kind, warum denn bloß?«

»Dann dürfte ich auf dem Schiff rumklettern, ohne daß du gleich Angst hättest, daß ich ins Wasser falle, und die Entchen würden dann den ganzen Tag um mich herumschwimmen und - und das Allerschönste wäre, daß ich in dem niedlichen kleinen Häuschen wohnen könnte«, zählte Nesthäkchen sehnsüchtig sämtliche Vorzüge des Schiffslebens auf.

»In deiner Kinderstube ist es sicher viel schöner«, beruhigte sie Fräulein.

»Hat das kleine Mädchen auch eine Puppenküche?«

»Ich glaube nicht«, meinte Fräulein.

»Aber eine Mutti hat sie doch?«
»Ich denke, ganz sicher«, fiel zu Annemies Erleichterung Fräuleins Antwort aus.
»Auch eine Großmama?«
Dies schien Fräulein zweifelhafter.
»Ob sie wohl so viele Puppen hat wie ich?« fragte das Plappermäulchen schon wieder, bevor Fräulein sich noch von der vorhergehenden Frage verschnaufen konnte.
»Annemie, du bist ja heute ein lebendiges Fragezeichen auf zwei Beinen! Frage das kleine Mädchen doch selbst danach, wir sind ja jetzt dicht am Schiff angelangt.«
Aber das brachte das schüchterne, kleine Ding nicht fertig. Trotzdem Fräulein sich in der Nähe auf eine Bank setzte, um Annemie Gelegenheit zur eingehenden Betrachtung des Schiffes und seiner kleinen Bewohnerin zu geben.
Diese mochte wohl in Annemies Alter sein. Sie hatte ebenfalls zwei festgeflochtene Rattenschwänzchen, aber die waren noch viel flachsblonder als Annemaries Goldhärchen. Ein kurzes, rotes Röckchen trug sie und darüber eine kleine, blaue Küchenschürze.
»Ganz wie Hanne!« dachte Annemie voll Bewunderung. Aber als sie jetzt ihre Augen von dem sonnenverbrannten, musbeschmierten Gesichtchen der Kleinen weiter wandern ließ bis zu deren Füßen, da hatte Annemies Bewunderung ihren Höhepunkt erreicht. Holzpantinen - niedliche kleine Holzpantinen, gerade solche, wie sie Hanne beim Scheuern und bei der Wäsche trug, die stets Nesthäkchens höchstes Entzücken hervorgerufen, hatte das kleine Mädchen über ihren rot und blau geringelten Strümpfchen. Nie hätte Annemie gedacht, daß ein Kind so glücklich sein könnte,

Holzpantinen wie Hanne zu besitzen!

Und während Annemie das kleine Schiffermädel so glühend beneidete, wie ihr das nur bei ihrem guten Herzchen möglich war, hegte dieses ganz ähnliche Gefühle.

Ach, das feine weiße Stickereikleid, welches die kleine Fremde trug, und der weiße Hut mit den rosa Gänseblümchen! Am schönsten aber fand Lenchen - so hieß das kleine Schiffermädchen - die weißen Stiefelchen und die weißen Wadenstrümpfchen. Sie schämte sich ordentlich ihrer häßlichen Holzpantinen.

So schauten sich die zwei gegenseitig in stummer Bewunderung an.

Aber als ihre Augen sich bei dieser Beschäftigung begegneten, mußte Annemie lachen.

Da nickte ihr Lenchen freundlich zu.

Nun traute sich Annemie endlich, eine Unterhaltung zu beginnen.

»Wie heißt du?« fragte sie, legte die Händchen an den Mund und schrie dabei, als ob Lenchen Gott weiß wie weit von ihr fort gewesen wäre. Dabei lag das Schiff dicht am Ufer, und die Kleine war bis an die Schiffsbrüstung herangekommen.

»Lenchen,« klang es vom Schiff zurück, »und du?«

»Ich heiße Annemarie, aber Fräulein nennt mich Annemie, und Vater und Mutti sagen Lotte zu mir, wenn ich artig bin!« rief Annemie, etwas weniger brüllend, da sie sah, daß man sich auch leiser verständigen konnte.

Natürlich, das feine kleine Mädchen hatte drei Namen, das erschien Lenchen nur selbstverständlich. Wenn man so schöne weiße Stiefelchen besaß, konnte man auch drei Namen haben.

»Warum wohnst du denn auf einem Schiff?« setzte

Annemie das Examen weiter fort.

»Wo soll ich denn sonst wohnen?« Lenchen riß ihre blauen Augen erstaunt auf.

»Na, in einem richtigen Hause mit Treppen«, belehrte sie das Landkind.

»Unser Schiff hat auch eine Treppe!« Stolz wies das Flachsköpfchen auf die kleine Stiege, die zum Wohnraum hinabführte.

Ach richtig - nein, war das niedlich - wie eine Puppenwohnung kam Annemie alles vor. »Habt ihr denn auch einen Portier?« erkundigte sie sich.

»Einen Port - tjeh?« Lenchen stotterte etwas bei dem Wort, sie hatte es noch niemals gehört. »Meinst du vielleicht ein Portemonnaie?«

»Aber nein,« lachte Annemie, »weißt du nicht mal, was ein Portier ist? Denn weißt du wohl auch gar nicht, was ein Kaiser ist?«

»Doch«, Lenchen nickte, daß die abstehenden Zöpfchen zum Himmel flogen. Den Kaiser kannte sie.

»Na ja, also ein Portier ist sowas Ähnliches, der bewacht das Haus, daß kein Dieb rein kommt«, belehrte sie Annemie.

»Ach, nun weiß ich« - das Schiffer-Lenchen sprang vor Freude in die Höhe, und die kleinen Holzpantinen klappten dazu ganz wundervoll - »solchen Portier, der das Schiff vor Dieben bewacht, haben wir auch, aber bei uns heißt er ›Karo‹.« Als ob sie ihn gerufen hätte, erschien plötzlich ein gelbes Hündchen neben Lenchen.

Annemie wollte sich ausschütten vor Lachen.

»Ein Hund ist doch im Leben kein Portier!« stieß sie, immer von neuem lachend, hervor. »Wir haben auch einen Hund, Puck heißt er, und sechs Puppen habe ich, hast du auch welche?«

Natürlich hatte Lenchen auch eine Puppe. Sie lief gleich mit klappernden Pantinen hinab, um sie Annemie zu holen. Aber bis sie ihre Puppe vorgekramt hatte, kam Fräulein und nahm Nesthäkchen an die Hand, um weiterzugehen. Nur aus der Ferne konnte Annemie dem kleinen Rotröckchen noch einen Gruß zuwinken.

»Ich habe eine neue Freundin, Lenchen heißt sie und wohnt auf einem richtigen Schiff!« Es gab keinen in der ganzen Wohnung, dem Annemie diese wichtige Neuigkeit nicht mitteilte. Sogar Puck und Mätzchen mußten davon Kenntnis nehmen.

Klaus interessierte sich sehr für die Sache, er hatte viele Schulfreunde, aber leider wohnte kein einziger auf einem Schiff.

»Vater, wenn du ein Schiffer wärst, hätte ich dich noch mal so lieb!« sagte Nesthäkchen beim Gutenachtkuß.

»Aber Lotte, was soll denn das heißen?«

»Ja, dann brauchte ich jetzt nicht in die olle Kinderstube und könnte wie Lenchen in der niedlichen Stube auf dem Wasser schlafen.«

»Na, wir können ja tauschen, Lenchens Vater und ich, er macht meine Kranken gesund, und ich rudere sein Schiff; das würde dir so gefallen, was, Lotte?« lachte Doktor Braun.

Am nächsten Tage kam Puppe Gerda mit in den Tiergarten, um dem Schiffer-Lenchen vorgestellt zu werden. Denn Annemie hatte am frühen Morgen noch kaum die Augen geöffnet, da quälte sie ihr Fräulein auch schon: »Nicht wahr, wir gehen doch heute wieder zu Lenchen?«

Als sie in die Uferpromenade einbogen, leuchtete Lenchens rotes Röckchen ihnen schon entgegen. Sie schien auf ihre neue kleine Freundin bereits gewartet zu haben. »Fräulein, liebstes, bestes Fräulein, setze dich doch, bitte, auf die Bank,« bat Annemie, »daß ich mich mit Lenchen wieder unterhalten kann.«

»Auf der Bank ist's zu sonnig, da kriegt man einen Sonnenstich«, meinte Fräulein unschlüssig.

»Ach, das schadet doch gar nichts, wenn du auch einen Sonnenstich kriegst, Fräulein«; treuherzig sah die Kleine sie an. »Ich hatte doch auch neulich so viele Mückenstiche, Sonnenstiche werden auch nicht mehr jucken«, sie wies ihre nackten Ärmchen.

Fräulein lachte.

»Wenn du mir versprichst, Annemie, ganz brav zu sein und nicht etwa über das Gitter zu klettern, dann will ich mich hier in den schattigen Seitenweg setzen.«

»Aber wie werde ich denn über das Gitter klettern, Fräulein, dann kommt doch der Wächter und bringt mich zur Polizei«, flüsterte Annemie in scheuer Ehrfurcht.

Da wußte Fräulein, daß sie ganz beruhigt sein konnte, denn vor dem Tiergartenwächter hatte die Kleine eine Heidenangst.

Annemie durfte ihre Freundschaft mit dem Schiffer-Lenchen fortsetzen.

Diesmal kam auch die Mutter der Kleinen zum Vorschein. Sie hatte ebenso schöne Holzpantinen wie Lenchen, und hing Wäsche auf dem Schiffe auf; das sah drollig aus. Dann ging sie wieder in die kleine Küche, die neben dem Wohnraum lag. Der Rauch, der bald darauf aus dem dünnen Schornstein lustig zum Himmel aufwirbelte, verriet, daß sie für Lenchen Mittag kochte.

Inzwischen hatten sich die kleinen Mädchen gegenseitig ihre Puppen gezeigt. Lenchen sah voll

Bewunderung auf die feine Gerda, die heute ein rosenrotes Kleidchen trug. Diese aber blickte sehr stolz und von oben herab auf das armselige Püppchen des Schifferkindes.

So ,ne olle Rike - die hatte ja nicht mal Haare, sondern eine schwarze, angemalte Porzellantolle, und ein anständiges Kleid schien sie auch nicht zu besitzen - bloß so ,n olles, zerlumptes Kattunkleid, da war sie doch viel feiner!

Ihre kleine Mama Annemie aber war viel netter und viel weniger stolz als die hoffärtige Gerda. Die fragte freundlich:»Wie heißt denn deine Kleine, Lenchen?«

Und als sie hörte, daß Lenchens Puppe Gustel hieß und vom Jahrmarkt in Oderberg stammte, sagte sie: »Siehst du, die ist schon mehr in der Welt herumgekommen als du, Gerda.«

Da schämte sich Puppe Gerda ihres dummen Stolzes und blickte neugierig auf die weitgereiste Gustel mit der schwarzen Porzellantolle.

Dann fütterten Annemie und Lenchen gemeinsam die Entchen, und die Ente aus bunten Puppenlappen fraß den anderen wieder das meiste fort.

Annemie hatte heute Kirschen mit zum Frühstück. Lenchen machte begehrliche Augen, als sie sich zwei wunderschöne, dunkelrote Zwillingskirschen als Ohrringe über jedes Ohr hing.

»Möchtest du auch welche?« fragte Annemie gutherzig.

Lenchen nickte.

Da warf Annemie eine Kirsche vom Ufer aus das Schiff zu.

Bautz - die flog in die Grasböschung. Ein frecher Spatz holte sie sich.

Aber die zweite Kirsche, die Annemie mit aller Kraft

schleuderte, traf schon besser ihr Ziel. Lenchen fing sie jubelnd in ihrer kleinen, blauen Küchenschürze auf.

Das gab ein lustiges Spiel. Eine Kirsche Annemie, eine Lenchen, bis die Tüte zu Ende war. Dazwischen aber lief Klein-Annemie alle paar Minuten zu dem Seitenweg, um Fräulein zu zeigen, daß sie auch noch da war. So sahen sich Annemie und das Schiffer-Lenchen fast jeden Tag, und immer mehr freuten sie sich aufeinander. Auch die Puppen hatten inzwischen Freundschaft geschlossen.

Da sagte eines Tages Lenchen, als Annemie wieder an dem Ufer erschien, während Fräulein im Seitenweg Platz nahm, ganz traurig: »Heute geht es retour.«

»Retour - wo liegt denn das?« fragte Annemie und dachte nach.

Diesmal lachte Lenchen ihre kleine Freundin aus. »Retour, das ist doch nach Oderberg bei Großmuttern.«

»Wann fahrt ihr denn?« Annemie machte ein erschrockenes Gesichtchen.

»Bald, vielleicht schon gleich, Vater macht ja schon los.« Richtig, auf dem Schiff ließ sich ein lebhaftes Hin und Her bemerken.

»Kommst du bald wieder, Lenchen?« Annemie fühlte zum erstenmal in ihrem jungen Leben, wie traurig Abschied nehmen ist.

»Ich weiß nicht«; Lenchen sah ebenfalls betrübt auf die kleine Freundin.

»Ich möchte dir so gern was schenken, wenigstens einen Kuß, aber wir können ja nicht zueinander.« Annemie warf zärtlich Lenchen eine Kußhand zu.

»Ich hätte ja auch gar nichts, was ich dir schenken könnte, du hast ja alles viel feiner als ich«, sagte Lenchen, welche die kleine Freundin in dem hübschen

Mullkleidchen immer noch heimlich anstaunte.

»Etwas hast du, was viel, viel schöner ist, als alles, was mir gehört,« Annemie warf dabei einen Blick auf Lenchens Füße, »deine süßen, kleinen Holzpantinen!«

»Die ollen Dinger? Die will ich dir gern schenken, Annemarie, in Oderberg bei Großmuttern gibt's andere.« Und da flog auch schon ein kleiner Holzschuh auf das Ufer vor Annemies Füße.

Die traute ihren Augen nicht.

»Soll ich den denn wirklich haben?« fragte sie und streichelte den Schuh voller Seligkeit.

»Natürlich«, und da machte auch sein Bruder die Reise durch die Luft ans Ufer.

»Dann schenke ich dir dafür meine weißen Stiefelchen!« Im Umsehen hatte Klein-Annemarie ihre schönen Leinenstiefelchen ausgezogen und - heidi - da flogen sie wie zwei weiße Täubchen zu Lenchen hinüber.

Das machte ein ebenso glückseliges Gesichtchen wie Annemie. Ganz versunken standen die beiden Kinder in den Anblick ihrer neuen Schuhe, sie merkten es gar nicht, daß das Schiff sich langsam in Bewegung setzte. Erst als sie schon mehrere Meter vom Ufer entfernt waren, rief Lenchen plötzlich: »Wir fahren ja schon - adieu, adieu, Annemarie!«

»Adieu, Lenchen, leb' wohl - komm bald wieder!« schrie Annemie hinter dem abfahrenden Schiff her, und dann winkte sie mit ihren kleinen Pantinen, und Lenchen winkte mit den schönen weißen Stiefelchen zurück.

Plötzlich fiel es Annemie ein, daß sie ja ihrer Freundin Lenchen noch ein Stück das Geleit geben könnte. Sie fuhr in die ersehnten kleinen Holzpantinen - klapp - klapp - da lag sie auf dem Näschen. Ja, Annemie, alles

will gelernt sein im Leben, selbst das Laufen in Holz-
pantoffeln.

Als Annemie wieder in die Höhe gekrabbelt war und
ihr Kleidchen abgeklopft hatte, war Lenchen schon
ein ganzes Ende fort. Da begann die Kleine Gehübun-
gen zu machen. Sie mußte richtig wie Hanne und Lenchen in den Schuhen laufen können, sonst ging es
Fräulein am Ende nachher auf dem Nachhauseweg zu
langsam.

Klapp - klapp - hin und her - erstaunt sahen die Vorübergehenden auf das allerliebste kleine Mädchen im
weißen Mullkleide mit der rosa Seidenschärpe und
dem merkwürdigen Schuhwerk. Da blieb mancher
kopfschüttelnd stehen und sah den Gehversuchen zu.

Nachdem Annemie noch mindestens ein halbes Dutzend Mal auf das Näschen gepurzelt war, konnte sie
sich mit ihrer neuen Kunst sehen lassen. Jetzt ging es
spornstreichs zu Fräulein.

Klapp - klapp - klapp - was kam denn da an - Fräulein
sah erstaunt auf.

»Nanu, Annemie, wie kannst du nur so einherlaufen,
gleich gibst du Lenchen ihre Schuhe zurück, der Spaß
geht doch zu weit!« schalt Fräulein beim Anblick der
Kleinen.

»Aber Fräulein, die süßen Holzpantinchen, bitte, bitte, laß sie mir doch, da kann ich beim Reinmachen
nochmal so schön helfen«, bettelte die Kleine.

»Wo hast du denn deine weißen Stiefelchen, hast du
die etwa am Ufer stehengelassen, du unachtsames
Mädchen?«

»Bewahre, Fräulein,« beteuerte Annemie, »die habe
ich doch Lenchen für die seinen Holzpantinen geschenkt, sie hat sich auch sehr darüber gefreut.«

»Sofort bringst du die Holzpantinen zurück und läßt

dir dafür deine guten Stiefelchen wiedergeben, bist du denn ganz und gar nicht gescheit, du dummes Kind?« Damit lief Fräulein auch schon dem Ufer zu. Klapp - klapp - Annemie hinterdrein.

»Aber Fräulein - Fräulein - Lenchen ist doch gar nicht mehr da, die ist ja schon längst in Oderberg bei Großmuttern!« rief die Kleine, stehenbleibend, denn sie hatte beim eiligen Lauf ein Holzpantinchen verloren.

»Was - und deine schönen Stiefelchen hat sie mitgenommen?« Fräulein machte ein entsetztes Gesicht.

»Ja, natürlich, aber ich habe doch dafür die feinen Pantinchen, die sind ja tausendmal schöner!« Liebevoll fing Annemie den Flüchtling wieder ein.

Fräulein raste, ohne Antwort zu geben, weiter. Vielleicht konnte sie das Schiff noch einholen. Aber das war, wenn auch noch nicht in Oderberg, gar nicht mehr zu sehen.

Klapp - klapp - klapp - da kam Annemie endlich hinterher.

»Was fange ich denn nun bloß mit dir an, ich kann doch so nicht mit dir nach Hause gehen!« Fräulein warf einen ratlosen Blick auf Nesthäkchens allerdings etwas seltsam aussehende Füßchen.

»Ach, ich kann jetzt schon ganz schön darin laufen«, beruhigte sie Annemie. Die Kleine konnte sich gar nicht denken, daß jemand von ihren Holzpantinen weniger begeistert sein sollte, als sie selbst.

Aber Fräulein schämte sich halbtot vor den Leuten, nein, so ging sie nicht mit Annemarie! Sie winkte eine Droschke herbei und fuhr mit ihr nach Haus.

Nesthäkchen war selig. Erstens die süßen Holzpantinchen, und dann noch Droschke fahren obendrein - das tröstete sie sogar über den Abschiedsschmerz vom Schiffer-Lenchen.

13. Kapitel.

Nesthäkchen geht auf Reisen.

»Was - meine Lotte will mich morgen also wirklich allein lassen und in die weite Welt hinausfliegen?« fragte Vater und nahm sein Nesthäkchen zärtlich auf den Schoß.

»Mutti bleibt ja bei dir,« tröstete Annemie, »und du fährst doch dann auch selbst mit ihr fort in die Schweiz. Aber wenn du so schrecklich gern willst, lasse ich Fräulein und Klaus allein zu Onkel und Tante aufs Gut fahren und komme lieber mit euch mit.«

»Möchtest du das denn so gern?«

»Ja, schrecklich gern!« Annemie schlang beide Ärmchen um Vaters Hals.

Doktor Braun war ganz gerührt.

»So schwer wird dir die Trennung von uns, Lotte?«

»Ach, bewahre,« Annemies lachendes Gesichtchen zeigte nichts von Abschiedsweh, »aber weißt du, Vatchen, in der Schweiz, da kann ich doch den ganzen Tag Schweizerkäse essen, soviel ich nur will! Den esse ich so schrecklich gern, und die Löcher esse ich am liebsten!« Damit sprang Nesthäkchen davon, weil sie noch so furchtbar viel bis morgen zu tun hatte.

Fräulein packte mit Mutti im Kinderzimmer den Koffer. Annemie holte ihren kleinen Puppenkorb herbei und begann die Kleider ihrer Kinder hineinzustopfen. Aber der war im Umsehen voll.

»Fräulein, hast du noch viel Platz? Ich kriege Irenchens Schulmappe gar nicht mehr hinein, und Babys Soxlet klemmt sich auch schon«, jammerte das Puppenmütterchen voll Eifer.

»Aber Annemiechen, was willst du denn bloß mit all

dem Zeug, Tante Kätchen hat schon an euch beiden Krabben genug!« lachte Mutti.

»Ja, aber meine Kinder wollen doch auch aufs Land. Irenchen muß sich rote Backen holen, Mariannchen soll mit ihren schlimmen Augen viel ins Grüne gucken, und Lolo will ich auf die Bleiche legen, damit sie weiß wird und kein Negerkind mehr ist. Baby soll tüchtig im Regen wachsen, und Kurt, der Strick, kann sich dort mal wenigstens ordentlich austoben. Gerdachen aber, von der trenne ich mich überhaupt nicht!«

»Was - und das halbe Dutzend Puppenjören willst du Tante Kätchen mit ins Haus schleppen?« fragte Mutti und versuchte vergeblich, ernst zu bleiben.

»Ja, natürlich, sie wird sich sehr freuen, und Kusine Elli auch, wenn sie auch schon zwölf Jahre alt ist.«

»Nein, Lotte, das geht nicht. Eine Puppe magst du mitnehmen, die anderen bleiben hier. Nun suche dir eine aus!« sagte Mutti in bestimmtem Ton.

Nesthäkchen machte ein enttäuschtes Gesicht, und die Puppen saßen ebenfalls mit enttäuschten Mienen da. Sie hatten sich schon so auf die Reise gefreut. Das ist eine schwere Aufgabe für eine Mutter, die Wahl unter ihren Kindern, die sie doch alle lieb hat, zu treffen. Am notwendigsten war sicher dem blassen Irenchen die Reise aufs Land. Aber Annemie wollte doch die schwarze Lolo auf die Bleiche legen, denn, wenn Wäsche dort weiß wurde, wie Frida ihr erzählte, warum sollte Lolo nicht auch weiß werden! Da aber fiel ihr Blick auf Gerda. Die saß ganz still auf ihrem Stühlchen und schaute ihre kleine Mama ängstlich an.

»Nein, Gerdachen, hab' keine Furcht, du kommst mit, wie werde ich mich denn von meinem süßen Nesthäkchen trennen!« rief die Kleine und zog die

Lieblingspuppe an ihr Herz.

Aber da fühlte sich Annemie selbst ans Herz gezogen, und zwar an Muttis. Die flüsterte:»Und ich muß mein Nesthäkchen hergeben!« Dabei hatte sie sogar Tränen in den Augen.

»Dafür kriegst du ja soviel Schweizerkäse!« Ob nun Annemies Trost ihr einleuchtete, oder ob Mutti daran dachte, daß Vater, der so angestrengt in seinem Beruf war, eine Erholung ohne seine lebhaften Sprößlinge durchaus nötig hatte, sie wischte die Tränen schnell wieder fort. Wußte sie doch auch die Kinder bei ihrer Schwester und unter Fräuleins Aufsicht vorzüglich aufgehoben. Hans, der Große, machte inzwischen eine Wandertour mit seinem Turnlehrer und mehreren anderen Jungen.

»Fräulein, da hättest du bald was Schönes gemacht, den hättest du doch ganz sicher vergessen, nicht?« Keuchend brachte Nesthäkchen, als der Koffer fast schon voll war, ihren großen Puppenwagen angeschleppt.

»Aber Annemie, das Riesending können wir doch nicht mitnehmen - und was bringst du denn jetzt noch herbei, bist du denn ganz und gar nicht gescheit?« Halb belustigt, halb ärgerlich griff Fräulein nach dem Vogelbauer mit Mätzchen, den Annemie bereits in den Koffer mitten auf ihre schön geplätteten Sommerkleidchen befördert hatte.

»Ja, aber meine Gerda muß doch spazierenfahren, und Mätzchen verhungert sicherlich, wenn ich ihm nicht Futter und Wasser gebe«, behauptete die Kleine und warf ihre kleinen Holzpantinen noch hinterdrein in den Koffer.

Fräulein hatte alle Mühe, sie davon zu überzeugen, daß Frida Mätzchen gerade so gut versehen würde

wie sie, und daß Gerda noch lieber in dem kleinen
Leiterwagen der Vettern ausfahren würde. Vielleicht
fand sich auch noch in Arnsdorf ein alter Puppenwagen von Kusine Elli in der Rumpelkammer. Auch die
Holzpantinen konnte sie entbehren, da sie doch wohl
da nicht scheuern würde.

Als aber Klaus, der zweite junge Reisende, nun ebenfalls erschien, unter dem einen Arm seine Schmetter-
lingssammlung und unter dem anderen die Festung
mit sämtlichen Regimentern, die er mit in den Koffer zu verpacken wünschte, da wurde es dem Fräulein denn doch zu bunt. Schmetterlinge, Festung und
sämtliche Regimenter wanderten ins Jungenzimmer
zurück, und Klaus dazu. Annemie aber wurde auf
Besuch zu Hanne geschickt, weil die sie doch nun so
lange entbehren mußte. Jetzt hatte Fräulein endlich
Ruhe zum Packen, nur die Puppen durften zugucken.
Eigentlich war es schon am Tage vor der Reise so
schön, daß man gar nicht erst zu verreisen brauchte. Vater und Mutter waren noch zärtlicher als sonst,
Hanne ließ die Kleine über alle ihre Kästen gehen,
weil sie doch morgen nicht mehr da war, und Hans
schenkte ihr sogar einen großen Radiergummi. Das
Schwesterchen war so begeistert von dieser Freige-
bigkeit, daß es sich liebevoll an seinen Rücken hängte
und ausrief:»Ich wollte, daß du lieber mit nach Arnsdorf kämest, Hänschen, und Klaus mit seinem Lehrer
reiste!«

Im Nebenzimmer aber saß eine, auf die all die anderen Puppen neidisch blickten, die wünschte das noch
tausendmal mehr. Puppe Gerda sah bereits im voraus
ihre Sommererholung durch den wilden Klaus arg be-
einträchtigt.

Als gegen Abend auch noch Großmama erschien, um

den Enkelchen Lebewohl zu sagen, und ihnen eine große Tüte Keks für die Reise mitbrachte, da war die Seligkeit voll. Klein-Annemarie war gar nicht zu bändigen, so aufgeregt war sie. Sie setzte mit Klaus über Hutkarton, Koffer und Stühle, und Fräulein drohte, sie nicht mitzunehmen. Und als sie dann endlich in ihrem Bettchen lag, da betete sie voll Inbrunst: »Lieber Gott, mache doch bloß, bitte, daß ganz schnell morgen ist.« Das mußte der liebe Gott denn wohl auch getan haben, denn als Fräulein Annemie eine Stunde früher als sonst weckte, war die Kleine so müde, als ob sie eben erst eingeschlafen wäre.

»Annemie, der Zug geht ab!« rief Fräulein.

Hei - wie war Nesthäkchen da im Augenblick aus dem Neste - wie blitzten die eben noch so verschlafenen Augen. Auch Gerda sprang mit beiden Füßen zu gleicher Zeit heraus.

Heute ging das Anziehen noch mal so schnell. Wenn man reisen will, ist das Wasser nicht so naß wie sonst, der Kamm ziept nicht die Spur, und selbst die zwei Tassen Kakao sind im Umsehen leer, wenn man auch gar keinen rechten Appetit hat.

»Fräulein, der Zug geht ab!« Jetzt war es Annemie, die Fräulein drängte, und der es nicht rasch genug gehen konnte. Lange, bevor das Auto geholt wurde, stand sie bereits reisefertig da. Auf dem rechten Arm die ebenfalls reisefertige Gerda, in dem linken ihren Teddybären, dem sie Kurts Mütze aufgesetzt und Irenchens blaues Cape umgebunden hatte.

»Soll dieser junge Herr etwa auch mit?« fragte Vater amüsiert, sich den merkwürdigen Reisenden anschauend.

Annemie bejahte eifrig, weil sie doch bloß eine Puppe mitnehmen dürfe, und Tiere auf einem Gut, wo es doch soviel Ochsen und Kühe gibt, sicher sehr willkommen sein würden.

»Ja, aber Bären gehören doch nicht auf ein Gut«, überredete sie Mutti, da Nesthäkchen durchaus den Teddybären als Reisegefährten mitnehmen wollte. Auch Vaters Einwurf: »Der kriegt doch keine roten Backen von der Landluft!« half nichts, nur Fräuleins energisches Verfahren: »Dann bleibst du auch zu Hause!«

Der Bär wanderte zu den zurückgelassenen Puppen, und nachdem Hanne und Frida Nesthäkchen nochmals versprachen, für ihre armen, mutterlosen Kinder zu sorgen, konnte sie endlich mit ihrer Gerda die Reise antreten.

Klaus, die grüne Botanisiertrommel umgehängt, und das Schmetterlingsnetz wie eine Fahne in der Hand schwenkend, thronte bereits auf dem Bock neben dem Chauffeur. Auch die Eltern fuhren mit zur Bahn.

Ach, wie herrlich ist verreisen, wenn Hanne und Frida vom Balkon herunterwinken, wenn der Herr Portier in höchst eigener Person die Koffer aufladen hilft, und das Auto so wundervoll tutet!

Mit glänzenden Augen fuhr Nesthäkchen zum Bahnhof. Dort gab es wieder eine Freude. Großmama hatte sich eingefunden, um ihrem Herzblatt Annemie noch einen Abschiedskuß zu geben. Der kleine Reisekorb mit Bonbons aber, den Großmama Puppe Gerda überreichte, weil sie doch ihr Patchen wäre, war doch sicher für ihre kleine Mama bestimmt.

Vater und Mutter wollten ihr Nesthäkchen gar nicht aus dem Arm lassen.

»Sei folgsam und artig, Lotte - Klaus, Fräulein schreibt mir alle Tage über dein Betragen einen Brief, daran denke, wenn du etwas Ungezogenes tun willst! Und grüßt Onkel Heinrich und Tante Kätchen schön -« Da gab der Stationsvorsteher das Zeichen.

»Tü-ü-üh - abfahren!« schrie Annemie, während Mutti mit tränendem Blick auf ihr Kleinchen blickte. Und seelensvergnügt fuhr Nesthäkchen in die weite Welt hinaus.

Die Reise wurde den Kindern nicht lang. Auch Gerda sperrte Mund und Nase auf. Nein, was gab's da draußen alles zu sehen. Zuerst einen großen, dunklen Wald, in dem sicherlich Rotkäppchen dem Wolf begegnet war. Dann ein Dorf mit vielen niedlichen Häuschen und einem roten Kirchlein, gerade solches, wie Annemie es daheim in ihrem Baukasten hatte. Nun kam eine Wiese mit wunderschönen roten, blauen, weißen und gelben Blümchen - ei, wer da doch pflücken könnte! Aber die Eisenbahn ratterte unbekümmert um Klein-Annemies Wunsch weiter - ratteratta - ratteratta - puff - puff - puff - ratteratta - immer weiter.

»Ach, die vielen, vielen Schäfe dort drüben!« Die Kleine klatschte vor Freude in die Hände.

»Das ist eine Hammelherde,« belehrte sie Fräulein, »und der alte Mann mit dem langen Stab ist der Hirt.«

»Annemie, du bist ja selbst ein Schaf, es heißt doch nicht Schäfe, sondern Schafe!« hielt auch Klaus für nötig, das Schwesterchen zu belehren. Abgesehen von dieser Liebenswürdigkeit aber verhielt er sich recht brav, da er fast die ganze Zeit über mit Futtern beschäftigt war.

Gerda, die zuerst ihres Lebens nicht recht froh wurde, weil Klaus ihr gegenübersaß, und sie aus seinen braunen Augen spitzbübisch anblinzelte, verlor allmählich ihr Mißtrauen. Der Junge war ja heute gar nicht zum Wiedererkennen artig.

Aber die Puppe hatte sich zu früh gefreut.

Als sie jetzt alle drei einträchtig miteinander aus dem Fenster schauten, fragte Klaus, dem die Äcker und Wälder allmählich langweilig wurden, das Schwesterchen mit treuherzigem Gesicht:»Du, Annemie, wollen wir mal ›Wind‹ spielen?«

»Au ja, Kläuschen!« Auch Annemie hatte nun genug von den Wiesen und Feldern, die alle ziemlich gleich aussahen.

»Hui« - machte Klaus pfeifend, und noch einmal »hui« - da flog Puppe Gerdas Strohhütchen aus dem Fenster mitten in den roten Mohn hinein.

»Mein Hütchen - mein schöner Hut!« schrie Gerda, oder war es Annemie gewesen?»Der Zug soll halten, du sollst nicht weiterfahren, du oller Zug!« Bitterlich weinte die Kleine.

Die Eisenbahn aber ratterte weiter, unbekümmert um Annemies und Gerdas Jammer - ratteratta - ratteratta - puff - puff - puff - ratteratta - immer weiter. Und es hörte sich sogar an, als ob sie Klein-Annemie noch obendrein auslachte. Oder war das etwa der ungezogene Klaus, der sich ins Fäustchen lachte?

Als Fräulein ihn ausschalt, hatte er noch einen großen Mund:»Was plärrt denn das dumme Ding, sie hat doch selbst gewollt, daß wir Wind spielen!«

Aber da Fräulein mit ernstem Gesicht sagte:»Du, es geht heute noch ein Brief an Mutti ab, Klaus«, da wurde er recht kleinlaut und mit einemmal wieder ein wahrer Musterknabe.

Gerda bekam eine Zipfelmütze aus Nesthäkchens Taschentuch, weil sie doch unmöglich ohne Hut nach Arnsdorf kommen konnte. Was hätten wohl die Kühe dazu gesagt!

Annemie aber beschäftigte sich jetzt damit, eine in

der Ecke sitzende Dame angelegentlich zu betrachten, welche die Augen geschlossen hatte.

»Die Tante schläft!« teilte sie Fräulein mit lauter Stimme mit.

»Stst« - machte Fräulein und legte mahnend den Finger auf den Mund.

Die Dame bewegte sich unruhig, machte aber die Augen nicht auf.

»Die Tante schläft noch immer«, erklang es nach einem Weilchen zwar etwas gedämpfter, aber doch noch so laut, daß Fräulein aufs neue den Finger auf den Mund legen mußte.

Die Schlafende hatte jetzt ihre Lippen geöffnet, sanfte Schnarchtöne entquollen ihnen.

»Chch - chchch - chchchch - pfff - pfff -« das klang beinahe so schön wie die Eisenbahnmusik.

»Die Tante schnarcht!« flüsterte Nesthäkchen in heller Begeisterung.

Aber als jetzt ein ganz besonderes grunzendes chchch - chchchch - pff - pfff - einsetzte und der Zug auch gerade dazu »ratteratta - puff - puff« - machte, da sahen sich Klaus und Annemie zuerst erschrocken an, und dann lachten sie plötzlich beide laut los.

Die Dame fuhr zusammen und riß die Augen auf.

»Seht ihr, nun habt ihr die Dame gestört,« sagte Fräulein ärgerlich, »verzeihen Sie, gnädige Frau.«

»Das macht ja nichts«, lächelte die Dame freundlich und schloß aufs neue die Augen.

»Weißt du was, Annemiechen, schlafe du auch ein bißchen«, schlug Fräulein vor und nahm Nesthäkchen, das sich die Augen rieb, auf den Schoß.

»Nein, ich kann nicht schlafen, sonst kommt der alte Wind wieder und weht am Ende meine Gerda aus dem Fenster.« Die Kleine warf einen vielsagenden

Blick auf den gerade mit Großmamas Bonbonkorb lie-
bäugelnden Klaus.

»Ich passe schon auf«, beruhigte Fräulein das von der
Reise ermüdete Kind. Da klappten Annemies Augenlider zu, und nach einem Weilchen auch die von Fräulein. Nur Puppe Gerda schlief nicht, die saß aufrecht
in ihrer Ecke und hielt Wache.

Da sah sie denn, wie der unnütze Klaus vorsichtig die
Goldschnur von dem Bonbonkörbchen, das Großmama doch ihr geschenkt hatte, löste, und einen Bonbon nach dem andern in seinen Mund spazieren ließ.

»Du, der maust mir meine Bonbons!« Weinerlich
zupfte die Puppe ihre schlafende kleine Mama an
dem einen Rattenschwänzchen.

Annemie fuhr erschreckt hoch, wie vorhin die Dame,
und weckte weinend Fräulein.

Klaus bekam einen Klaps auf die Hände und Annemie
ein Stück Schokolade von der Dame, die inzwischen
ausgeschlafen hatte.

Und nun war man auch gleich da. Endlich! Fräulein
setzte Annemie das Hütchen auf, und Annemie zog
Gerda ihre Zipfelmütze kleidsamer.

Der Zug hielt. Onkel Heinrich stand auf dem Bahnsteig
und hob Annemie und Gerda mit lachendem »Na, du
Dreikäsehoch, bist du da?!« aus dem Abteil. Dann gab
er Klaus einen zärtlichen Nasenstüber: »Immer noch
solch Bandit wie früher, Junge?« und nahm Fräulein
die Reisetasche ab.

Nun ging es zu dem Wagen. Denn man hatte noch
über eine Stunde bis zum Gut Arnsdorf zu fahren.
Auf dem Bock saß stramm in seinem blauen Rock mit
blanken Knöpfen August, der Kutscher, und legte die
Hand an die Mütze.

Nesthäkchen knickste in tiefer Ehrfurcht vor ihm.

Der sah ja noch viel vornehmer aus als ihr Portier in Berlin. Klaus aber klopfte die beiden Braunen, an die Klein-Annemie sich nicht recht herantraute, freundschaftlich auf den Rücken, schwang sich zu dem feinen August auf den Bock und bettelte ihm seine Peitsche ab. Damit knallte er lustig, während der Wagen den Landweg entlang holperte.

»Siehst du, Kleinchen, das ist eine Windmühle, da mahlt der Müller sein Korn, und von dem Grasberg dort kann man fein heruntertrudeln. Dies hier sind schon unsere Wiesen, da fahren wir nächstens ins Heu«, unterhielt Onkel Heinrich sein kleines Nichtchen, das er liebevoll auf den Schoß genommen.

Aber als das Plappermäulchen zu all den verlockenden Aussichten schwieg, und Fräulein ihm lächelnd zuwinkte, da sah sich Onkel die Annemie näher an.

Holla - das Fräuleinchen schlief ja. Den Blondkopf hatte es fest an Onkels Ärmel eingekuschelt, die Bäckchen waren gerötet und das Mündchen leis geöffnet.

Die lange Reise hatte die Kleine allzusehr ermüdet. Auch Puppe Gerda hatte die Augen zugeklappt. Fest schlafend, so hielten die beiden kleinen Reisenden ihren Einzug in Arnsdorf.

14. KAPITEL.
KIKERIKI - DER HAHN IST SCHON WACH.

Über die taufrischen Wiesen von Arnsdorf kam der Morgenwind daher. Er schaute in den Gutshof hinein, dort lag noch alles in tiefstem Schlaf. Nur der goldrote Hahn, der auf dem Misthaufen schlief, machte ein halbes Auge auf und blinzelte den Morgenwind verschlafen an. Da pustete ihn dieser übermütig ins Gesicht, daß er sogleich beide Augen aufriß und mit den goldroten Flügeln schlug.

Dann aber erklang es plötzlich in den höchsten Tönen »Kikeriki - kikeriki« - dabei kniff der Hahn die Augen wieder zu, denn er konnte sein Lied schon auswendig.

»So, den Langschläfer hätten wir geweckt«, dachte der Morgenwind und klirrte gegen die Fensterscheibe des Fremdenzimmers, das nach dem Hofe zu lag.

Da drinnen bewegte es sich. Ein Kinderbeinchen streckte sich zum Himmel empor und verschwand dann wieder unter der Decke.

Der Morgenwind machte ein erstauntes Gesicht. Nanu, wer lag denn heute da drin im Kinderbettchen? Ein fremdes, kleines Mädchen und eine fremde Puppe, die er noch niemals hier auf dem Gute gesehen hatte. Das Gesicht hatte die Kleine noch tief in den Kissen vergraben.

Aber das Wecken verstand der Morgenwind, das war ja sein Amt hier auf dem Gut. Er nahm eine Weidenranke, die da gerade an der Mauer hing und schlug damit lustig gegen die Fensterscheibe.

Das fremde, kleine Mädchen steckte das zweite Beinchen heraus und die Ärmchen dazu, aber es schlief weiter.

Da gab der Morgenwind seinem Freund, dem Hahn, ein Zeichen, und der ließ sich nicht lange bitten. Aufs neue erklang es »Kikeriki - kikeriki.«

Das kleine Mädchen droben im Fremdenzimmer aber träumte, der Hahn aus seiner Spielzeugschachtel sei lebendig geworden und habe laut gekräht. Doch als der Hahn auf dem Misthaufen zum drittenmal »Kikeriki - kikeriki« sang, da setzte sich die Kleine plötzlich im Bette hoch.

Ei - das war ja ein süßes, kleines Ding, wie erstaunt sie sich in der neuen Umgebung umguckte! Die gefiel dem Morgenwind ganz ausnehmend gut.

Jetzt endlich wußte Klein-Annemarie, denn sie und kein anderer war das fremde, kleine Mädchen, wo sie war. Richtig - in Arnsdorf. Aber wie sie hierher ins Bett gekommen, darauf konnte sie sich gar nicht mehr besinnen. Auch Tante Kätchen, Kusine Elli und die Vettern hatte sie gestern abend in ihrer Müdigkeit kaum noch begrüßen können.

»Kikeriki«, rief der Hahn unten wieder, und »Kikeriki - kikeriki« - erschallte es auch oben aus dem Kinderbett in hellen Tönen, daß Puppe Gerda und Fräulein entsetzt hoch fuhren.

»Aber Annemie, Kind, was fällt dir denn ein, gleich legst du dich hin und schläfst weiter«, rief Fräulein.

»Kikeriki - der Hahn ist schon wach, dann müssen wir auch aufstehen, auf einem Gut schläft man überhaupt nicht so lange, sagt Frida.« Annemie, die gestern besonders früh ins Bett gekommen, war bereits ganz ausgeschlafen.

Leider - denn Fräulein war noch sehr müde.

»Sei ruhig, Herzchen, und störe mich nicht«, bat sie. Das versprach Annemie, denn sie hatte doch ihr Fräulein sehr lieb.

Sie begann eine halblaute Unterhaltung mit Gerda
»Gefällt es dir hier, Gerdachen?«

Die Puppe zuckte die Schultern, sie konnte in der kurzen Zeit noch nicht recht urteilen.

Inzwischen hatte der Morgenwind die Täubchen im Taubenhaus geweckt.

»Rrruck - ruck - ruck - ruck - girrr« - machten die und hoben die Köpfchen.

Und »rrruck - ruck - ruck - ruck, die Täubchen sind auch schon auf!« girrte es ebenfalls aus dem Kinderbettchen.

»Aber Annemie, du hast mir doch versprochen, still zu sein«, stöhnte Fräulein.

Ja richtig - das hatte sie wirklich bloß vergessen.

»Hast du Angst vor den Muhkühen, Gerda, die beißen nicht!« setzte Annemie inzwischen im Flüsterton ihre Unterhaltung mit der Puppe fort.

Gerda schüttelte den Lockenkopf. Aber als es jetzt aus dem Stall dumpf »Muh - mu - uh -« brüllte, denn der Morgenwind hatte gerade die Kühe geweckt, da verkroch sich die Puppe furchtsam unter den Kissen.

Ihre kleine Mama aber lachte und machte noch viel schöner »muh - mu - uh«, nicht gerade zur Freude ihres müden Fräuleins.

Eine Weile blieb es jetzt ruhig. Fräulein glaubte, der kleine Störenfried sei endlich wieder eingeschlafen und legte sich ebenfalls auf die andere Seite.

»Mäh - mäh - mäh« - klang es da zum Fremdenzimmer hinauf. Diesmal dachte Annemie daran, daß sie Fräulein nicht wieder wecken durfte. So gern sie auch mitgeblökt hätte, sie machte fest ihren kleinen Mund zu. Aber als das »Mäh« da unten gar kein Ende nehmen wollte, hielt es Annemie nicht länger im Bett aus.

Eins - zwei - drei - war sie mit ihrer Gerda am Fenster.

»Ach - sind das aber viele Schäfe!«

Und wie lustig sie durcheinandersprangen - hops - hops - denn sie wurden gerade auf die Weide getrieben. Auch die Knechte waren schon auf, sie spannten bereits die Leiterwagen ein, um aufs Feld zu fahren. Mitten auf dem Hof aber stand Onkel Heinrich und sah nach dem Rechten.

Was - alle waren sie schon auf, der Hahn, die Tauben, die Muhkühe, die Schäfchen, die Knechte und sogar Onkel Heinrich - nein, da blieb Annemie auch nicht länger oben.

Ein schneller Blick zu Fräuleins Bett - keine Sorge, Fräulein schlief fest. Wie der Wind war die Kleine aus der Tür, ihr Puppenkind im Arm, sprang sie seelensvergnügt die Treppe hinab.

»Guten Morgen, Onkel Heinrich, bitte, schenke mir doch eins von den süßen, kleinen Schafen, du hast ja so viele«, erklang es plötzlich hinter dem Gutsherrn. Der wandte sich erstaunt um.

Da standen zwei allerliebste kleine Hemdenmätze vor ihm, denn auch Gerda hatte noch keine Toilette gemacht.

»Krabbe, bist du etwa Fräulein ausgekniffen, du wirst dich erkälten.« Onkel zog seine Lodenjoppe aus und wickelte Klein-Annemie und Gerda hinein. Dann nahm er sie beide auf den Arm.

Die Knechte ringsum lachten, und auch das »Mäh« der immer noch vorübergehenden Schafe hörte sich an, als ob sie die beiden Hemdenmätzchen auslachten.

Onkel trug die zwei ins Haus zurück.

»Nicht wieder in die Fremdenstube,« bettelte Annemie, »bitte, bitte, lieber Onkel! Fräulein ist noch so schrecklich müde, und ich störe sie bloß«, setzte der kleine Schlaukopf hinzu.

»Ja, wo laß ich dich denn da bloß, Krabbe? Ich muß jetzt aufs Feld reiten.«

»Da kannst du mich ganz ruhig mitnehmen, Onkel Heinrich, auf dem großen Schaukelpferd von Klaus bin ich schon oft geritten und auf Vaters Schultern auch, du sollst mal sehen, ich falle nicht runter.«

Aber der Onkel schien doch mit dem Vorschlag nicht so recht einverstanden zu sein.

»Wollen mal sehen, ob Tante Kätchen schon so weit ist.«

Ja, Tante Kätchen war schon fertig, sie lachte über das ganze Gesicht, als der Onkel ihr das lebendige Paket in den Arm legte.

»Na, ausgeschlafen, Herzchen?«

Aber Annemie gab keine Antwort, die mußte erst Tante Kätchens Gesicht studieren.

»Ach, so siehste aus, Tante Kätchen? Genau wie Mutti, bloß schimpfen mußt du noch, daß ich Fräulein fortgelaufen bin.«

Das tat aber Tante Kätchen nicht, sondern sie lachte noch viel mehr.

»Was ziehe ich dir denn nun an, Herzchen, so kannst du doch nicht herumlaufen, und Fräulein wollen wir nicht stören - halt, ich hab's. Da ist noch ein ausgewachsener Waschanzug vom Peter, der wird dir gerade passen.«

»Au ja - fein!« Jauchzend ließ sich Annemie in Tante Kätchens Schlafzimmer tragen und ganz artig waschen und kämmen. Sie wollte doch so schnell wie möglich in Vetter Peters Höschen schlüpfen.

Als Fräulein mit ängstlichem Gesicht unten erschien, denn sie hatte ihren Pflegling oben überall vergeblich gesucht, stand ein niedlicher, kleiner Junge mit zwei

blonden Rattenschwänzchen vor ihr und lachte sie schelmisch an.
Da konnte Fräulein nicht böse sein, Annemie sah zu süß aus. Und sie bat so zärtlich, Fräulein möchte sie doch noch ein bißchen als kleiner Junge rumlaufen lassen, daß Fräulein es ihr nicht abschlagen konnte.
Die zwölfjährige Elli kam nun auch zum Vorschein. Sie gab Annemie einen Klaps auf die Höschen und sagte: »Na, Peter?« Da hing sich statt des Bruders Klein-Annemie lachend an ihren Hals.
Auch die Jungen, die zusammen schliefen, erkannten die Kleine nicht, das gab einen lauten Hallo.
»Wo gehen wir nachher zuerst hin?« fragte der zehnjährige Herbert beim Frühstück.
»Natürlich in die Ställe, wir müssen doch Klaus und Annemie erst die Pferde, Kühe und Schweine vorstellen«, rief sein jüngerer Bruder Peter.
»Nein, ich muß erst in die Rumpelkammer«, erklärte Klein-Annemarie wichtig.
»Was - wo willst du hin - was willst du denn in der Rumpelkammer?« so fragte man.
»Ja, ich muß doch erst Ellis alten Puppenwagen für meine Gerda vorkramen«, meinte das Puppenmütterchen.
Aber die gute Elli hatte bereits ihren Puppenwagen für das kleine Kusinchen zurechtgestellt, und ihre große Kochmaschine dazu. Von diesem Augenblick an liebte Annemie die große Kusine über alle Maßen.
Nachdem auch Gerda sich aus einem Hemdenmatz wieder in eine anständig gekleidete Puppe verwandelt hatte, zog die ganze Gesellschaft in die Stallungen.
Fräulein konnte inzwischen in Ruhe auspacken.
Zuerst ging's zu den Pferden. Der kecke Klaus ließ sich

von einem Knecht gleich auf einen der Braunen setzen und schrie dazu »Hü« und »Hott«.

Annemie aber stand ängstlich von weitem. Sie traute sich nicht mal an das niedliche Füllen, das Babypferdchen, heran, das Elli mit Zucker fütterte. Und als sie sich schließlich überreden ließ, dem Tierchen selbst ein Stückchen Zucker zu reichen, da zog sie laut schreiend das Händchen zurück, welches das Füllen beschnuppert hatte. Ganz genau zählte sie nach, ob auch kein Fingerchen fehlte, der Zucker aber lag auf der Erde.

Bei den Kühen erging es Klein-Annemie nicht viel besser. Trotzdem sie ihrer Gerda so mutig versichert hatte: »Die beißen nicht!« wagte sie sich nicht näher. Warum schlugen sie denn auch so ärgerlich mit der Schwanzquaste? Und vier Beine zum Stoßen hatten sie auch, an jeder Ecke eins.

Plötzlich aber rief die Kleine erfreut, auf eine wunderhübsche, weißbraune Kuh zeigend: »Das ist ja die Kuh aus meinem Bilderbuch!«

»Quatsch,« lachte Vetter Peter, »das ist doch eins lebendige.«

»Na, denn ist es eben ihre Schwester, sie sieht ihr genau so ähnlich wie Tante Kätchen meiner Mutti«, erklärte Annemie mit Bestimmtheit.

Onkel Heinrich, der von seinem Morgenritt zurückgekehrt war, und den schmeichelhaften Vergleich gerade mit angehört hatte, lachte dröhnend.

»Weißt du denn auch, was uns die Kuh gibt?« fragte er.

»Aber das weiß doch sogar schon meine Gerda, daß man die Milch von der Kuh kriegt«, rief Annemie stolz.

»Na, und der Kaffee, wo kommt der her?« neckte der

Onkel.

Die Kleine besann sich keinen Augenblick.

»Natürlich vom Pferd, denn er ist ebenso braun!« Schallendes Gelächter folgte auf Klein-Annemies Ausspruch. Selbst die Kühe lachten, daß ihr langer Schwanz hin und her wackelte.

Annemie aber lief aus dem Kuhstall und teilte Elli heimlich mit, daß sie sich »ganz schrecklich schoniere«.

Die Schweinchen fanden auch nicht den Beifall der kleinen Kusine. Sie meinte geringschätzig: »Die sind ja gar nicht richtig! Die Ferkelchen in meinem Bilderbuch sehen rosenrot aus und riechen auch gar nicht so abscheulich!«

Aber von der Geflügel-Kinderstube war Annemie nicht fortzubringen.

Ach Gott, wie niedlich! Die kleinen Entchen, die noch ganz gelbe Flaumfedern hatten, die winzigen Gänschen, und die süßen, kleinen Kücken, die so unbeholfen hinter ihrer Hennenmutter hertappelten.

Auch der Kaninchenstall mit seinen übermütigen Bewohnern, die sich gar lustig überpurzelten, machte den Stadtkindern große Freude.

»Nun wollen wir in den Garten gehen«, meinte Elli.

Ach, war es da schön! Lauter Stiefmütterchen und Vergißmeinnicht, und die vielen Gänseblümchen, die da alle auf dem Rasen wuchsen.

»Pflücke dir doch welche, wir wollen für deine Gerda einen Kranz machen, Annemiechen«, schlug Elli vor.

Die Kleine zögerte.

»Ja, darf ich denn auf den Rasen treten?« fragte sie erstaunt.

»Aber natürlich«, lachte Elli.

»Gibt's denn hier keinen Tiergartenwächter?« Scheu

sah sich die kleine Berlinerin um.

»Nein, Annemie, hier darfst du laufen, wohin du willst, hier tut dir keiner was«, beruhigte sie die Kusine.

»Ach, ist das schön bei euch - ich will niemals wieder in den ollen Tiergarten!« Das klang wie der Jubellaut eines Vögelchens, das zum erstenmal aus dem engen Bauer in die weite Luft hineinfliegt.

Klaus aber hatte seine ländliche Freiheit schneller begriffen. Der war bereits mit einem Satz in die Hängematte und mit dem nächsten wieder heraus und in die Schaukel. Jetzt strampelte er am Reck, und dann ging es mit den Vettern in die Johannisbeeren und Stachelbeersträucher.

Und am nächsten Tage hatte er bereits einen verdorbenen Magen.

15. Kapitel
»Kommt ein Vogel geflogen.«

Herrliche Wochen verlebten die Berliner Kinder auf dem Gute. Viel schneller als zu Haus gingen die Tage dahin, mit beiden Händen hätten Klaus und Annemie sie festhalten mögen, denn jeder Tag brachte etwas neues Schönes.

Klaus sah aus wie ein richtiger Bandit, sonnverbrannt und meistens zerfetzt. Kein Baum war ihm zu hoch und kein Graben zu tief. Fräuleins Sommererholung bestand in täglichem Höschenflicken.

Auch Annemie war ein tüchtiger Wildfang geworden. Allenthalben trieb sie sich mit den drei Jungen herum. Ihre Angst vor Pferden, Kühen und Schweinen hatte sich längst gegeben. Selbst der große Truthahn konnte sich nur bei ihr in Respekt setzen, wenn er seinen Koller bekam. Aber wie hatte Nesthäkchen sich auch erholt. Ihre Bäckchen waren so rot wie ihr Musselinkleidchen und ihre Beinchen so braun wie ihre braunen Strümpfe.

Auch die sanfte Gerda war hier ganz außer Rand und Band. Sie blieb mit ihren hübschen Kleidern an allen Zäunen und Sträuchern hängen, schlug sich Beulen in den Kopf, tauchte mit zerkratztem Gesicht aus den Dornenhecken auf und kam meistens barfuß nach Hause.

Wenn sie sich trotzdem nicht so gut erholt hatte wie ihre kleine Mama, so lag das nicht an der Arnsdorfer Luft, sondern einzig und allein an Klaus. Der brachte die Puppe um ihre ganze Erholung, ewig mußte sie vor dem Schlingel zittern.

Durften die Kinder mit dem Leiterwagen mit aufs Feld

hinausfahren, drängelte und schubste Klaus so lange, bis Puppe Gerda durch eine Leitersprosse durchkugelte und am Wege liegen blieb. Nicht einmal ihr Mütterchen hatte es gemerkt, erst bei der Rückfahrt konnte die ganz verstaubte Puppe wieder aufgelesen werden.

Spielte man im Heu, so war Gerda sicher dem Erstickungstode nahe. Der böse Klaus begrub sie unter einem Riesenheuberg bei lebendigem Leibe.

Wo der Bengel sie erblickte, bombardierte er die arme Gerda mit unreifen, vom Wind abgeschlagenen Äpfelchen, so daß ihre Nase schon ganz plattgedrückt war.

Ließen die Kinder am Entenpfuhl Schiffchen schwimmen, schwamm auch sicherlich Gerda plötzlich auf dem grünlichen Wasser. Und wenn Herbert auf Annemies Gebrüll die Puppe nicht errettete, der schlechte Klaus hätte sie elendiglich versaufen oder von einem Frosch verspeisen lassen. Ach, was Gerda für eine Angst vor diesen quakenden grünen Scheusalen hatte!

Wieder mal war Puppe Gerda plötzlich verschwunden. Eben noch hatte sie mit Annemie und allen andern Kindern im Wäldchen »Räuber und Prinzessin« gespielt, da war sie mit einem Male auf und davon. Klein-Annemarie durchsuchte voll Sorge jedes Brombeergestrüpp, jeden Maulwurfshügel - Gerda kam nicht zum Vorschein.

»Es ist schrecklich mit dem Kinde, sie ist hier in Arnsdorf total verwildert«, klagte sie Elli, Gerdas Tante. »Wer weiß, wo sie sich jetzt wieder herumtreiben mag!«

Aber als die Jungen, Herbert und Peter, welche die Räuber waren, ihre Taschentücher als Friedensfahne wehen ließen und herankamen, um zu fragen, ob die Mädels nicht ihren Räuberhauptmann Klaus gesehen hätten, da wußte Annemie gleich, wo sie Gerda zu suchen hatte.

»Mein Kind ist geraubt worden, der Räuberhauptmann hat meine kleine Gerda gestohlen!« Jammernd machte sich Annemarie mit den andern an die Verfolgung.

Nirgends eine Spur, weder von Klaus noch von Gerda. Man durchstöberte die Rosenhecken, die Lauben, Hof und Haus. Nirgends war der Puppenräuber zu entdecken. Der saß oben auf dem obersten Kornboden und spähte durch eine Dachluke hohnlachend auf seine Verfolger herab.

Wo aber hatte er Puppe Gerda gelassen? Denn die befand sich nicht mehr in seiner Gesellschaft.

Als der Räuberhauptmann das arme Puppenkind plötzlich beim Wickel hatte, glaubte Gerda, ihr letztes Stündchen habe geschlagen.

»Lieber Gott,« betete sie, »laß mich wenigstens eines sanften Todes sterben. Sorge dafür, daß der schlimme Klaus mich nicht in den Entenpfuhl bei den grünen Froschscheusalen ersäuft!«

Klaus raste mit dem entführten Kinde über Stock und Stein. Der Puppe schwanden die Sinne, sie schloß die Augen. Sie wollte gar nicht sehen, was der Bösewicht mit ihr vorhatte.

Als sie die Augenlider endlich wieder zu öffnen wagte, kniff sie sich mit der Zelluloidhand in die Nase, um zu sehen, ob sie überhaupt noch am Leben sei. Wo war sie denn bloß - etwa gar schon im Himmel?

Nein, so sah es im Himmel ganz sicher nicht aus. Ein mattes Dämmerlicht herrschte im Raum und eine merkwürdig warme Luft umwehte sie. Auch ließ sich ab und zu ein seltsames Brummen vernehmen. Dann pochte der Puppe das Herz vor Schreck bis in den Hals hinein.

Mit ihrem Lager konnte Puppe Gerda eigentlich ganz zufrieden sein. Sie ruhte in einer bequemen Holzwiege auf weichem, grünem Gras. Aber sie hätte gern gewußt, wo sie sich denn eigentlich befand.

Da wurde das Brummen neben ihr stärker - Gerda hielt den Atem an.

Barmherziger Himmel - über ihr tauchte ein fürchterliches Ungeheuer auf, mit glotzenden Augen und weitaufgerissenem Maul - eine Kuh!

Du guter Gott, die würde sie im nächsten Augenblick mit Haut und Haar verschlingen! Jetzt wußte die arme Gerda mit einem Male, wohin der arge Klaus sie geschleppt hatte, in die Futterkrippe des Kuhstalls hatte er sie gelegt.

Warum wartete denn das Ungetüm bloß noch, warum fraß die Kuh sie nicht lieber gleich auf, dann hatte wenigstens das Elend ein Ende!

Aber die Kuh dachte gar nicht daran, Gerda zu fressen, die hatte genau so große Furcht vor der Puppe, wie die vor ihr. Mit angstvoll glotzenden Augen starrte sie auf das merkwürdige Futter in ihrer Krippe.

Plötzlich fühlte Puppe Gerda sich ergriffen. Sie traute sich nicht, die Augen aufzuklappen, sicher hatte das Ungetüm sie bereits zwischen den Zähnen.

»Leb' wohl, Annemiechen, ich danke dir auch schön, daß du mich so lieb gehabt und stets so gut für mich gesorgt hast!« dachte die Puppe noch.

Da vernahm sie eine menschliche Stimme: »Potzwetter nicht noch mal, was haben die Knechte denn hier zwischen das Futter geschüttet -« und dann dröhnendes Lachen. »Ei, ist das nicht Klein-Annemaries

Püppchen, das hätte sich die Bleß bald zum Abendbrot schmecken lassen!« Es war der Gutsherr, der das
Futter des Viehs in Augenschein nahm.

Gerda blinzelte durch die Wimpern. Nein, sie befand
sich nicht, wie sie gefürchtet, zwischen den Zähnen
der Kuh, Onkel Heinrich hatte sie in seinen Fingern.
Und jetzt steckte er sie in die Innentasche seiner Jop-
pe - ach, wie geborgen fühlte sich die halbtot geängs-
tigte Puppe an Onkels Brust.

Hinter den beiden brüllte es laut her vor Freude, die
Kuh ließ sich jetzt endlich ihr Abendbrot schmecken.

Als auch die Familie auf der rosenumrankten Veran-
da beim Abendessen zusammensaß, fand sich endlich
auch der Räuberhauptmann Klaus ein.

Annemie ließ ihre Erdbeermilch in Stich und packte
ihn am Jackenzipfel.

»Klaus, wo hast du meine Gerda gelassen?«

Der Junge machte ein verschmitztes Gesicht.

»Die Prinzessin sitzt in einer Höhle gefangen«, antwortete er.

»Du sollst sie aber wiedergeben, du alter Räuber,
meine süße Gerda grault sich so allein«, jammerte
das Puppenmütterchen.

»Was zahlst du Lösegeld?« leitete der Räuberhauptmann die Verhandlungen ein.

»Meinen neuen Kreisel - und - und ein Marienkäfer-
chen - und denn noch meine ganze Erdbeermilch«,
rief Annemie weinend, da Klaus immer noch den Kopf
schüttelte.

Puppe Gerda, die alles in Onkel Heinrichs Tasche mit-
anhörte, war ordentlich gerührt von der opferfreudi-
gen Liebe ihrer kleinen Mama.

Onkel aber legte sich ins Mittel.

»Nichts da, Bandit, du schaffst die Puppe sofort ohne

jedes Lösegeld her, sonst bekommst du überhaupt keine Erdbeermilch.«

Klaus gehorchte. Er hatte großen Respekt vor Onkel Heinrich und außerdem - Erdbeermilch aß er für sein Leben gern. Aber mit entsetztem Gesicht erschien er einige Minuten später wieder.

»Es ist was Schreckliches passiert!« stieß er hervor.

»Was - was denn?« Alles rief durcheinander.

»Die Kuh hat die Puppe aufgefressen! Ich hatte sie in der Futterkrippe versteckt, und jetzt ist die leer!«

»Meine arme Gerda!« Annemies Tränen flossen in Strömen, und auch Klaus fing an zu heulen. Und daran war nicht die Erdbeermilch, die er nun sicher nicht bekam, schuld, sondern Gerda und das Schwesterchen taten ihm ganz schrecklich leid. Er hatte ja kein schlechtes Herz, er war ja nur ein ausgelassener Strick.

Und während Annemie und Klaus die aufgefressene Gerda beweinten, hätte man deutlich ein feines, feines Lachen aus Onkels Rocktasche vernehmen können. Aber keiner hörte darauf.

Da, als Klein-Annemie wieder besonders schmerzlich aufschluchzte, fühlte sie plötzlich einen weichen Lockenkopf an ihrer nassen Wange. Zärtlich schmiegte sich ein kleines, kaltes Gesicht an ihr heißes.

»Gerda - du lebst!« Die hell aufjubelnde Annemie hielt ihr totgeglaubtes Kind unversehrt in den Armen.

Onkel Heinrich aber hatte den weinenden Räuberhauptmann am Schlafittchen.

»Diesmal habe ich die Puppe noch errettet, aber wehe dir, du Bengel, wenn du ihr noch mal auch nur ein Härchen krümmst!«

Klaus versprach hoch und heilig, Puppe Gerda von nun an in Frieden zu lassen und machte sich erleichtert an seine Erdbeermilch.

Wirklich, der Schreck hatte was genützt, Klaus ließ die Puppe jetzt ungeschoren. Aber seine wilden Streiche unterblieben trotz alledem nicht. Sogar das Schwesterchen verführte er dazu.

Es war am Tage vor der Heimreise. Da hatte Tante Kätchen ihr Damenkränzchen bei sich. Das war eine Kaffeegesellschaft von zwölf Damen, die jede Woche wo anders stattfand. Mehrere Damen von benachbarten Gütern und verschiedene aus dem nahen Städtchen gehörten dazu.

Da das Wetter so wunderschön war, hatte Tante Kätchen die Kaffeetafel im Freien unter dem großen Nußbaum gedeckt. Elli hatte fleißig dabei geholfen, und auch Annemie eifrig Teelöffel und Servietten herumgelegt.

»Ihr Kinder könnt heute nachmittag im Wäldchen spielen, da hören wir euer Toben wenigstens nicht«, sagte Tante Kätchen zu den drei Jungen. »Aber paßt mir auf Annemie auf, Elli geht in die Stadt zur Klavierstunde, und Fräulein will packen.«

»Schade, daß wir nicht beim Kaffeekränzchen sein dürfen«, sagte Herbert mit einem bedauernden Blick auf die rosengeschmückte Tafel.

»Ja, Mamsell hat Kuchen gebacken und Schlagsahne geschlagen«, fiel auch Peter betrübt ein.

»Ne, das meine ich nicht«, ließ sich der ältere Herbert wieder vernehmen. »Aber sie lachen immer so toll beim Kaffeekränzchen, man hört es Gott weiß wie weit. Wenn ich bloß mal dabei sein könnte!«

»Das kannst du ja«, fiel Klaus mit Gemütsruhe ein.

»Ne, Mutter hat gesagt, wir sollen im Wäldchen spielen.«

»Du mußt dich eben nicht sehen lassen«, meinte

Klaus, der kleinste, aber durchtriebenste von den dreien.

»Wir könnten uns vielleicht unterm Tisch verstecken«, überlegte Herbert.

»Ne, da erwischt man uns, das Tischtuch reicht nicht soweit runter.« Peter schüttelte den Kopf.

»Aber hier oben im Nußbaum sieht uns kein Mensch, der ist ja so dicht«, flüsterte Klaus.

Der Nußbaum - famos - ja, das ging!

»Aber was machen wir mit Annemie?« Herbert zog nachdenklich die Stirn in Falten.

»Die nehmen wir mit, die hat ja hier wunderschön auf Bäume klettern gelernt.« Klaus wußte Rat.

Annemie war natürlich sofort für den Vorschlag zu haben. Und kurz vor vier sah man eine Range nach der anderen erst auf die Bank und von da aus in das niedrige Geäst des großen, dichten Nußbaumes klettern. Selbst Annemie brachte das Kunststück mit Herberts Hilfe zuwege.

»Nun noch meine Gerda«, auch die mußte die Reise auf den Baum antreten.

Die Kleine klatschte vor Freude in die Hände.

»Fein ist's hier oben, ich sitze wie in einer grünen Laube!« rief Annemie.

Aber »pst« machte Herbert über ihr, denn da kamen schon die ersten Damen.

Klein-Annemie hielt Gerda vorsorglich den Mund zu.

Es dauerte den Vöglein in den grünen Zweigen recht lange, bis alle vollzählig waren, und Mamsell mit der großen Kaffeekanne erschien. Die Riesenschale Schlagsahne stellte sie in die Mitte des Tisches gerade unter den Nußbaum. Peter, das Schleckmäulchen, leckte sich die Lippen, und auch Herbert, Klaus und Annemie, die anderen Vögel, machten lange Hälse und sperrten begehrlich die Schnäbel auf.

Eigentlich war es schrecklich mopsig bei solchem Damenkränzchen. Die taten ja nichts weiter als essen, trinken und reden. Hin und wieder lachten sie auch, aber gar nicht so toll, wie Herbert gesagt hatte.

Ach, wieviel schöner wäre es jetzt, im Wäldchen zu spielen und zu toben, als hier oben so mäuschenstill zu sitzen und sich halbtot zu langweilen.

Jeder einzelne von den fünf Vögeln - Puppe Gerda mit einbegriffen - wünschte, daß Klaus niemals auf den Gedanken gekommen wäre. Und er selbst am meisten. Ja, er überlegte allen Ernstes, ob man nicht heimlich hinter dem Baum herunterrutschen könnte.

»Nun reisen Ihre kleinen Gäste auch schon wieder ab, es wird Ihnen wohl ordentlich schwer, sich von ihnen zu trennen?« wandte sich die dicke Frau Bürgermeister an Tante Kätchen.

»O ja,« antwortete die, »Klein-Annemarie wird mir sehr fehlen. Klaus, der Unband, allerdings weniger. Ich bin jeden Tag froh, wenn er mit heilen Gliedern heimkommt.«

»Siehst du, Klaus, da hast du's - der Horcher an der Wand hört seine eigene Schand'.«

Annemie konnte nicht mehr still sitzen. Der Ast, auf dem sie saß, begann bedenklich zu knacken. Auch Puppe Gerda hatte es nun über, sich ruhig zu verhalten. Sie baumelte zum Zeitvertreib ein bißchen mit ihren Beinen.

»Holla - was ist denn das?« Auf Frau Apothekers Nase war plötzlich etwas vom Baum herabgesprungen und zur Erde gefallen, etwas kleines Braunes.

»Es wird eine Nuß gewesen sein«, beruhigte Tante Kätchen die erschreckte Dame.

Gerda aber reckte den Hals hinter ihrem ausgerückten

Goldkäferschuhchen her.

Bautz - da verlor sie selbst das Gleichgewicht, kopfüber stürzte sie vom Baum herab, mitten hinein in die Schlagsahne.

Laut auf kreischte das Damenkränzchen vor Schreck. Nur die dicke Frau Bürgermeister behielt ihren Humor.

»Was kommt denn da für ‚n Vogel angeflogen?« lachte sie und fischte Gerda aus der Schlagsahne.

»Das ist ja Annemies Puppe, na, da wird ihr Mütterchen wohl auch nicht weit sein!« rief Tante Kätchen und spähte in den Nußbaum.

Richtig, da wuchsen ein paar braune Kinderbeinchen. Und ein jämmerliches Stimmchen rief herunter: »Bitte, Tante Kätchen, hole mich doch!«

Unter allgemeinem Lachen kam auch das zweite Vögelchen zum Vorschein.

»Aber Annemie, was wolltest du denn da oben?« fragte Tante Kätchen, als die Kleine endlich wieder glücklich auf ihren Füßchen stand.

»Wir wollten doch so schrecklich gern bei deinem Damenkränzchen bei sein, aber es war mächtig langweilig!«

Da lachten die Damen wieder über die schmeichelhafte Kritik, Tante Kätchen aber fragte erstaunt: »Wir - wen meinst du denn noch?«

»Na, die drei Jungs, Gerda und ich.« Aufs neue lugte Tante Kätchen in den Nußbaum, aber kein Vogel ließ sich weiter sehen.

Die drei waren längst in dem allgemeinen Tumult ausgeflogen, das Nest war leer.

Das war Klaus und Annemies letzter Streich in Arnsdorf, und am nächsten Tage ging's nach Hause.

16. Kapitel Im Kindergarten.

Eigentlich hatte Nesthäkchen zu Oktober in die Schule kommen sollen. Sie war auch bereits angemeldet
worden. Aber die städtische Mädchenschule in der
Nähe war überfüllt, und in eine Privatschule wollten
die Eltern die Kleine nicht schicken. So wurde Annemie denn für Ostern vorgemerkt, und Mutti war froh,
ihr Nesthäkchen noch den Winter über zu Hause behalten zu können.

Aber es kamen Tage, an denen Mutti doch wünschte, Annemie wäre zu Oktober in der Schule angenommen worden. So erfreut die Eltern auch waren, ihre
Kinder sonnenverbrannt und rotbäckig wiederzuse-
hen, so wenig erfreut waren sie über die Verwilde-
rung, die mit ihnen bei dem ungebundenen Landle-
ben vor sich gegangen.

Für Klaus war ja die Schule die beste Medizin, da
mußte er wieder still sitzen lernen, aber Nesthäkchen
war schwer daheim zu bändigen. Sie konnte sich gar
nicht wieder an das Stadtleben gewöhnen.

Die Korridortür mußte fest verschlossen bleiben, damit es Annemie nicht einfiel, plötzlich, ohne Hut und
Mantel, auf und davon zu gehen - sie hatte es ja in
Arnsdorf auch so gemacht. Auf dem Balkon konnte
man sie schon gar nicht mehr allein lassen, denn sie
kletterte dort an dem Gitter ebensogut hoch, wie in
Arnsdorf an den Bäumen. Selbst während der Sprechstunde mußte Vater seine Zimmer fest verschlossen
halten, seitdem sein Fräulein Tochter plötzlich bei
ihm erschienen war und ohne Scheu vor den Patienten erklärt hatte, sie wolle ihm ein bißchen kurieren
helfen.

Auch im Tiergarten war der Wächter keine

gefürchtete Persönlichkeit mehr. Annemie sprang übers Gitter und lief auf den Rasen hinter ihrem Ball her, ob Fräulein auch noch soviel warnte. Fräulein hatte es jetzt recht schwer mit dem Wildfang.

Sehr erstaunt und recht wenig erfreut waren die Puppen über die Verwandlung, die mit ihrer kleinen Mama vor sich gegangen war. Nur ganz selten mochte sich Annemie noch mit ihnen abgeben, viel lieber tollte und tobte sie. Kurt mußte jetzt eine ganze Woche mit einem Loch im Strumpf gehen, Irenchen bekam nur höchstens alle acht Tage noch ihre echten Haare ausgekämmt, Mariannchens Augen blieben verklebt, Lolo war noch schmutziger als früher, und Baby wollte gar nicht mehr recht gedeihen. Es fehlte allen die Mutterliebe. Annemie zog die Puppen nicht mehr an und aus, sie ließ sie nicht mehr in ihrem Gärtchen spazierengehen, ja, nicht einmal ins Bett kamen die armen Würmer. Meistens lagen sie verstreut auf der harten Erde herum. Das arme Irenchen hatte neulich sogar die ganze Nacht unter dem Kleiderschrank zubringen müssen. Auch hungern ließ das schlechte Puppenmütterchen ihre Kinder, sie hatte ja keine Zeit mehr, für sie zu kochen. Sie mußte ja auf den Tisch klettern, von den Stühlen springen und Radau machen. Nur Gerda, die Lieblingspuppe, wurde nicht vernachlässigt, die war bei allen Dummheiten ihre treue Genossin.

Noch schlimmer wurde es, als das schöne Sommerwetter ein Ende hatte, und häßliches, graues Regenwetter kam. Annemarie konnte nicht mehr in den Tiergarten gehen und mußte nun zu Hause bleiben. Aber das kleine Mädchen, das früher niemals Langeweile gekannt, das sich stundenlang allein beschäftigte, hatte das Stillsitzen verlernt.

»Fräulein, was soll ich denn bloß machen?« - »Mutti, ich langweile mich ja so schrecklich« - so ging das den ganzen Tag.

»Du müßtest mal wieder Puppenwäsche halten, Annemiechen,« schlug Fräulein vor, »sieh nur, wie unsauber deine Kinder aussehen.«

»Ach, die ollen Puppen!« murrte Annemie unlustig und quälte weiter.

»Spiele doch mit deinem hübschen Kaufmannsladen, du hast dich doch sonst so gern damit beschäftigt«, sagte Mutti kopfschüttelnd.

Dann lief Annemie wohl zu Hanne und bettelte ihr allerlei für ihren Laden ab, aber wenn es endlich soweit war, daß das Spiel beginnen sollte, hatte sie es auch schon wieder über.

»Fräulein, ich langweile mich so«, klang es aufs neue. Vorwurfsvoll sahen die Puppen auf den kleinen Quälgeist. Sie hätten Annemie nur zu gern die Zeit vertreiben helfen, aber die mochte ja nichts mehr von ihnen wissen.

»Ich wollte, du wärst in der Schule angenommen worden, Lotte«, sagte Mutti mit einem tiefen Seufzer. Nesthäkchen war derselben Meinung, dann brauchte sie sich wenigstens hier zu Hause nicht so zu langweilen.

Aber eines Tages, als es mit Annemie mal wieder gar nicht auszuhalten war, als sie mit keinem Spielzeug spielen wollte, hatte Mutti die Sache satt.

»Du kommst in einen Kindergarten, mein Kind, da bist du wenigstens vormittags beschäftigt«, sagte sie mit Bestimmtheit.

Ein Kindergarten - was war denn das? Das Wort »Garten« erweckte in Nesthäkchen Vorstellungen von dem schönen Arnsdorfer Gutsgarten, wo man nach

Herzenslust auf dem Rasen herumtollen durfte, wo
man auf Bäume klettern konnte und sich Obst pflück-
te, soviel man nur wollte. Und daß noch mehr Kinder
in diesem Garten waren, erschien Annemie nur um so
verlockender. Sie war mit einemmal wieder wie aus-
getauscht. Das weinerliche Mauzen war verstummt,
jubelnd klang es bei Doktors durchs Haus:»Morgen
komme ich in den Kindergarten!«
Mutti brachte ihr Nesthäkchen selbst hin. Es war ein
Privatkindergarten von zehn Kindern in der Nähe, der
ihr empfohlen worden war.
»Wo ist denn der Garten?« fragte Annemie, sich vergeblich umschauend, als sie zwei Treppen in einem
Hause heraufgestiegen waren.
Aber Mutti konnte nicht mehr antworten, denn es
wurde bereits auf ihr Klingeln geöffnet.
Eine liebenswürdige junge Dame kam ihnen entgegen.
»Ich möchte meine Kleine für Ihren Kindergarten anmelden, Fräulein Gebhardt«, sagte Mutti.»Sie ist in
der Schule wegen Überfüllung nicht angekommen
und kann sich nicht mehr zu Hause beschäftigen.«
Annemie wurde rot. Nun wußte das fremde Fräulein
gleich, wie unartig sie zu Hause gewesen.
Aber die junge Dame beugte sich freundlich zu der
Kleinen herab, streichelte ihr die Wangen und meinte:»Wir werden sicherlich gute Freunde werden, ich
bin Tante Martha, und wir werden schön zusammen
spielen.« Dann öffnete sie die Tür zum Nebenzimmer.
»Siehst du, hier ist unser Kindergarten, da sind noch
mehr kleine Mädchen und Jungen, willst du ihnen
mal ›Guten Tag‹ sagen?«
Aber das wollte Annemie ganz und gar nicht. Scheu
stand sie auf der Türschwelle, den Zeigefinger im

Munde, und warf einen schüchternen Blick in das Nebenzimmer.

Sollte das vielleicht ein Garten sein? Da drin in der Stube spielten zwei kleine Mädchen mit Puppen, mehrere kleine Knaben hatten sich aus Stühlen eine Eisenbahn zusammengekoppelt und riefen: »Abfahrt!«, während zwei andere Jungen einen großen Turm aus Bausteinen bauten. Am Tisch aber saßen ebenfalls einige Kinder, die Köpfchen eifrig über bunte Flechtarbeiten gebeugt.

»Das Beste ist, Sie lassen mir Ihre Kleine gleich da, gnädige Frau, sie gewöhnt sich dann am schnellsten«, sagte das Fräulein.

Mutti war durchaus damit einverstanden.

Sie beugte sich zu Annemie herab, küßte sie und sagte in mahnendem Ton: »Nun sei brav, meine Lotte, heute mittag holt dich Fräulein wieder ab.«

Aber Frau Doktor Braun war noch nicht aus dem Zimmer heraus, als ein ohrenbetäubendes Geheul hinter ihr her klang.

»Mutti - Mutti - du sollst nicht weggehen!« Da hatte Annemie auch schon die Ärmchen um Mutti geschlungen und sich an sie gehängt.

»Aber Lotte, sei doch nicht so dumm, die anderen Kinder sind doch alle ohne ihre Mutti hier und weinen nicht«, beruhigte Frau Doktor ihr Nesthäkchen.

»Komm, ich zeige dir was ganz Wunderschönes«, tröstete Tante Martha und schob Annemie ein Stückchen Schokolade in den zum Weinen geöffneten Mund. Die tröstete noch besser als die Aussicht auf das Wunderschöne.

Da holte die junge Dame eine Glaskugel herbei, in der ein niedliches Puppenhäuschen stand. Annemie sah neugierig zu, wie sie nun die Kugel umkehrte.

Ach, war das fein - es schneite - große, dicke Flocken flogen in der Glaskugel umher und machten im Umsehen das niedliche Häuschen schlohweiß. Annemie klatschte in die Hände vor Freude und ihr ganzer Jammer war vergessen.

Inzwischen hatte Fräulein Gebhardt Mutti ein Zeichen gegeben, das Zimmer zu verlassen. Als Annemarie sich umdrehte, um Mutti das reizende Schneehäuschen zu zeigen, war keine Mutti mehr da. Schreiend wollte Nesthäkchen spornstreichs hinter ihr her. Aber Tante Martha hatte den Arm um sie geschlungen.

»Bist du denn nicht gern zu uns in den Kindergarten gekommen?« fragte sie.

»Ja, aber hier ist ja gar kein Garten, hier ist ja bloß eine olle Stube!« rief Annemie ungezogen.

Da sah sie Tante Martha traurig an, und die Kinder ringsum machten erschrockene Gesichter. Ach, wie schämte sich Klein-Annemarie da!

»Nun wollen wir mal alle zusammen Kreis spielen«, sagte Tante Martha, als ob sie die Verlegenheit des kleinen Mädchens gar nicht sähe. »Kannst du etwas vorschlagen, Lotte?«

»Ich heiße nicht Lotte«, sagte die noch immer weinerlich.

»Wie denn sonst, deine Mutti hat doch vorhin Lotte zu dir gesagt?« verwunderte sich Tante Martha.

»Ja, Vater und Mutti nennen mich Lotte, aber auch nur, wenn ich artig bin, sonst heiße ich Annemie«, erklärte die Kleine.

»Dann sei nur recht brav, daß ich dich auch bald Lotte nennen kann. Und nun wollen wir ›Schwesterchen, komm mit‹ spielen. Faß den kleinen Jungen an, Annemie.«

Fünf Minuten später hätte keiner mehr gedacht, daß Annemie überhaupt je geweint hätte. Ihr ganzes Gesichtchen lachte vor Vergnügen. Selig sprang sie mit den anderen Kindern im Kreise herum und sah gar nicht mehr, daß es ein Zimmer war und kein Garten, in dem man spielte.

Tante Martha war aber auch zu nett. Was wußte die für hübsche Spiele:»Faules Ei« und»Stummes Winken« und das ulkige Spiel vom»Mi - ma - mausemann.«

»Sind das alles deine Kinder, Tante Martha?« fragte Annemie mitten beim Spiel.

»Nein, das wäre ein bißchen viel,« lachte Tante Martha,»die habe ich mir nur geborgt.«

»Ach, ich habe auch zu Hause sechs Kinder,« erzählte die Kleine eifrig,»aber Gerda ist mein liebstes, mein Nesthäkchen. Die ist so groß -« Annemie stellte sich auf die Zehen, reckte ihre Ärmchen und zeigte ungefähr die Größe von Tante Martha.

»Na, bring' uns doch deine Gerda morgen mit, daß wir sie auch kennen lernen«, sagte Tante Martha lächelnd.

»Was - Gerda darf mit in den Kindergarten kommen?« Helle Glückseligkeit leuchtete aus Klein-Annemies Blauaugen.

»Freilich,« nickte Tante Martha,»siehst du, hier die kleine Erna hat auch ihren Bubi mitgebracht und Milly ihre Toni mit den schwarzen Zöpfen. Heute kannst du ihr Kinderfräulein sein, und morgen bist du dann auch eine Mutti und stellst uns dein Kind vor.«

Das wurde ein lustiges Spiel. Nesthäkchen, das zu Hause gar nicht mehr mit den Puppen hatte spielen mögen, ging stolz als»Fräulein« mit Millys Toni und Ernas Bubi in den Tiergarten. Und alle paar Minuten

sagte sie zu Toni:»Aber du bist ja wirklich ein schreck-
licher Quälgeist, Mädchen, spiele doch wie die anderen Kinder und sage nicht immer:›Ich langweile
mich‹«

Als das richtige Fräulein erschien, um Annemie abzu-
holen, machte die Kleine ein betroffenes Gesicht.
»Was - schon - wir spielen doch gerade so schön!«
»Morgen spielt ihr weiter, jetzt muß ich doch auch
Mittagbrot essen, nicht wahr?« Tante Martha strich
der Kleinen zärtlich über den Blondkopf.

Da schlang Annemie - eins - zwei - drei - die Ärmchen
um den Hals der jungen Dame und flüsterte:»Ich
hab' dich lieb, Tante Martha!«
»Ich dich auch, mein Herzchen, weil du so artig gewesen bist - adieu, Lotte!« sagte Tante Martha.

Selig hopste Annemarie an Fräuleins Hand durch die
Straßen.»Tante Martha hat mich lieb, und sie nennt
mich»Lotte«, weil ich so schrecklich artig bin, und
morgen darf ich meine Gerda mitbringen.« Eins war
immer schöner als das andere.

»Na, Annemie, wie war's im Kindergarten?« fragte
Bruder Hans zu Hause.

»Wunder-wunderschön!« rief die Kleine begeistert.

»Hat's Wichse gegeben?« fragte Klaus interessiert.

»Wichse - ja woll - Schokolade hat's gegeben!« froh-
lockte das Schwesterchen.

Mutti war glücklich, daß es ihrem Nesthäkchen, das
sie schweren Herzens dort oben jammernd zurückge-
lassen hatte, so gut im Kindergarten gefiel.

Auch Fräulein war erfreut, denn Annemie hatte heute
den ganzen Nachmittag keine Langeweile.

Nicht ein einziges Mal quälte sie. Sie hatte ja auch viel
zu viel zu tun. Galt es doch, ihre Gerda zu morgen für
den Kindergarten fein zu machen. Da mußten noch

ganz flink Höschen in dem kleinen Waschfaß ausge-
waschen und mit dem niedlichen Plätteisen geplättet
werden. Was hätten wohl Ernas Bubi und Millys Toni
dazu gesagt, wenn Gerda mit unsauberen Höschen in
dem Kindergarten erschienen wäre! Auch die kleine
Schulschürze von Irenchen wurde für Gerda hervor-
gesucht. Und dann mußten dem Kinde vor allem die
wirren Locken gebürstet werden, denn als Struwwelpeter konnte sie sich unmöglich Tanta Martha vorstellen.

»Freust du dich auf morgen, Gerdachen?« fragte Annemie beim Gutenachtkuß ihr Kind.

Das machte ein strahlendes Gesicht, aber Nesthäkchen strahlte noch viel mehr.

»Du brauchst nicht etwa so dämlich zu sein und zu
heulen, wenn Fräulein nachher fortgeht«, wandte
sich Annemie am nächsten Morgen auf dem Hinweg
zu der erwartungsvollen Puppe.

Nein, Gerda war lange nicht so dämlich wie ihre kleine Mama gestern. Die weinte kein bißchen. Als Annemie sie Tante Martha mit den Worten hinhielt:
»Ich möchte meine Kleine gern in dem Kindergarten
anmelden, weil sie sich zu Hause gar nicht mehr beschäftigen kann«, da machte Gerda einen artigen
Knicks und reichte jedem Kinde ihre Zelluloidhand
zum guten Tag.

Heute, wo Gerda dabei war, wurde es noch schöner
als gestern. Annemie baute ein Haus für Gerda, und
die Krabbe warf es mit dem Fuß wieder um. Auch ein
Lesezeichen aus rotem und goldenem Glanzpapier
lernte Klein-Annemie bei Tante Martha flechten. Das
sollte Großmama haben. Und das zweite aus hellb-
lauem und silbernem Papier war für Tante Albertinchen bestimmt.

Vorläufig aber kam das erste noch gar nicht zustande. Das Papier hatte die unartige Eigenschaft, immer aus der Flechtnadel herauszuspringen und sogar zu reißen. Ungeduldig warf es Nesthäkchen hin. Aber als sie sah, daß all die kleinen Mädchen, ja sogar die kleinen Jungen, die viel jünger waren, als sie, die Flechtarbeit so geschickt zuwege brachten, griff sie wieder beschämt danach. Tante Martha sollte doch auch heute wieder »Lotte« zu ihr sagen können.

Und allmählich sprang der bunte Streifen nicht mehr aus der Nadel, und das Papier ärgerte Nesthäkchen auch nicht mehr und riß. Ach, wie stolz war die Kleine, als das erste Lesezeichen für Großmama fertig war! Und Gerda war fast ebenso stolz auf ihre geschickte kleine Mama.

Dann kam die Belohnung für den Fleiß. Tante Martha setzte sich ans Klavier und sang mit den Kleinen lustige Kinderlieder: vom »spannenlangen Hansel« und der »nudeldicken Dirn«, und vom »Esel und dem Kuckuck«. Viel zu früh kam Fräulein wieder, Annemie und Gerda abzuholen.

Am dritten Tage erschien mit Nesthäkchen und Puppe Gerda noch einer im Kindergarten, der angemeldet werden sollte - Puck. Aber statt höflich mit dem Schwanze zu wedeln, blaffte er Tante Martha feindselig an. An dem kleinen Mäxchen sprang er hoch, daß es laut zu schreien begann, und der kleinen Herta schnappte er frech ein Stück Schinken von dem Frühstücksbrot. Nein, solch einen unmanierlichen Gesellen konnte Tante Martha nicht in ihrem Kindergarten brauchen, Fräulein mußte ihn gleich wieder mit nach Hause nehmen.

Nesthäkchen aber lernte bei Tante Martha wieder

sich selbst zu beschäftigen. Niemals klagte sie mehr über Langeweile, auch daheim nicht. Denn noch eins hatte Annemie gelernt: Wieder als rechtes, echtes Puppenmütterchen für ihre Kinder zu sorgen. Die brauchten sich jetzt nicht mehr über ihr Mütterchen zu beklagen, Annemie hätte sich ja vor Erna und Milly halbtot geschämt, wenn sie ihre Kinder noch länger so verwahrlost einhergehen hätte lassen.

Am schönsten von der ganzen Woche - das fand sowohl Nesthäkchen wie Puppe Gerda - waren stets die drei Vormittage im Kindergarten - wenn es auch eigentlich gar kein richtiger Garten war!

17. KAPITEL.
TAP - TAP - KNECHT RUPRECHT KOMMT.

Es war die Zeit, da Knecht Ruprecht abends an den Türen der Kinderstuben herumhorcht, ob die Kleinen am Tage auch brav gewesen sind und schöne Weihnachtsgaben verdienen, oder ob er ihnen nur eine Rute bringen soll. Da wurde manch kleiner Wildfang zahm, denn Knecht Ruprecht notierte alles in seinem Büchlein, jede Unart wurde da gebucht, und die Weihnachtsgaben danach bemessen.

Nesthäkchen war in diesen Wochen vor Weihnachten ganz besonders artig. Selbst mit Klaus vertrug sie sich einigermaßen, damit bloß alle Weihnachtswünsche in Erfüllung gehen sollten.

Fräulein saß mit einem großen Bogen Papier und einem langen Bleistift am Kinderstubentisch und schrieb alle die Wünsche auf, die Annemie ihr diktierte, damit Knecht Ruprecht nur ja keinen vergaß.

»Also erst mal eine kleine Sprechstunde, wie Vater hat«, begann Nesthäkchen ihren Wunschzettel.

»Aber Annemiechen, das kann dir der Knecht Ruprecht doch nicht bringen, sowas gibt es doch gar nicht für Kinder«, lachte Fräulein.

»Doch - eine kleine Puppensprechstunde, und ich bin der Herr Doktor, bitte, bitte, schreibe es doch auf, Fräulein. Knecht Ruprecht, der ist doch so klug, der wird schon wissen, was ich meine«, bat die Kleine voller Zärtlichkeit.

Also oben auf dem Zettel prangte: Eine kleine Sprechstunde.

»Dann möchte ich so schrecklich gern ein kleines

Warenhaus Wertheim haben, aber mit einem richtigen Fahrstuhl und mit einem Erfrischungsraum für meine Puppen. Und ein Spielzeuglager muß auch drin sein«, wünschte Annemie sich weiter.

»Nein, Kind, wenn du keine anderen Wünsche hast, da lacht uns ja Knecht Ruprecht aus«, wandte Fräulein kopfschüttelnd ein.

»Na, die anderen kommen auch gleich«, tröstete Annemarie. »Einen niedlichen kleinen Puppenportier brauche ich furchtbar notwendig, und einen kleinen Springbrunnen zum Aufziehen dazu. Und dann möchte Knecht Ruprecht mir doch, bitte, einen Puppenkindergarten schenken wie Tante Marthas.«

Nesthäkchen zog die Stirn kraus und überlegte angestrengt weiter.

»Und für deine Kinder wünschst du gar nichts? Du bist ja eine recht selbstsüchtige kleine Mutter«, half Fräulein weiter.

»Ach, für meine Puppenjören brauche ich noch ganz schrecklich viel. Für Irenchen bestelle ich mir rote Backen und ein Korsett, für Mariannchen ein Paar neue Augen, braun sollen sie sein, und einen kleinen Regenschirm. Lolo könnte vielleicht zwei neue Däume gebrauchen, denn ihre sind abgeschlagen, und einen weißen Federhut dazu; meinst du nicht auch, Fräulein, daß der ihr gut zu ihrem schwarzen Gesicht stehen wird? Und mein Kurt braucht zwei neue Beine, einen rechten Arm und Schlafaugen, er ist doch kein Hase, daß er immer mit offenen Augen schlafen muß. Mit einer kleinen Botanisiertrommel, so wie Hans und Klaus sie haben, würde sich der Junge auch freuen. Babychen soll kurze Kleider kriegen und Beißerchen. Diesen Weihnachten wird es doch schon drei Jahr, und immer noch liegt es im Steckkissen, und hat

noch keinen einzigen Zahn. Und nun noch mein Nesthäkchen. Komm, Gerdachen, was wünschst du dir
denn? Sag' mir's mal ins Ohr.«
Annemie griff nach ihrer Gerda, die sie vor kurzem
gebadet und mit einem Bademantel in den Puppenwagen gesteckt hatte, damit sie sich nur ja nicht erkälten sollte.

Aber entsetzt ließ die Kleine ihren Liebling in die Kissen zurückgleiten.

»Fräulein - Fräulein,« ganz blaß war Annemie vor
Schreck, »komm doch bloß mal her - Gerdachen ist ja
ein Kahlkopf geworden!« Unaufhaltsam flossen jetzt
die Tränen über Klein-Annemaries Bäckchen.

Fräulein schlug die weiße Wagengardine zurück -
wirklich, Gerda lag total verändert da drin und sah
ihre entsetzte Mama mit verständnislosen Augen an.
Ganz klein und elend war ihr Gesicht geworden, weil
die Lockenperücke fehlte. Die lag neben ihr auf dem
Kopfkissen, Gerda aber hatte ein großes Loch auf
dem Kopf.

»Es ist ja nicht so schlimm, Annemiechen, die Perücke
ist durch das Badewasser bloß abgeweicht«, beruhigte Fräulein das aufgeregte Kind.

»Ach, meine arme, arme Gerda, wie weh muß ihr das
tun, man sieht ja das ganze Gehirn und alle Gedanken
in ihrem Kopf«; jammerte Nesthäkchen.

»Vater macht ihr einen Verband,« tröstete Fräulein
liebevoll weiter, »und Knecht Ruprecht bringt ihr
neue Haare; ob sie sich vielleicht mit Zöpfen freuen
würde?«

»Nein, lieber Schnecken, weil sie doch jetzt schon
groß ist und mit in den Kindergarten geht«, schluchzte Annemie, noch immer betrübt.

»Also schön, dann schreibe ich auf: Haarschnecken

für Puppe Gerda. Was meinst du denn zu einer roten Sportjacke, solche, wie Großmama dir gestrickt hat, Annemie?« fragte Fräulein, um die Kleine von ihrem Kummer abzulenken.

»Nein, lieber eine grüne«, überlegte die bekümmerte Puppenmama und weinte weiter. »Aber - aber wenn Knecht Ruprecht nun die Haarschnecken vergißt, dann muß meine arme Gerda ihr Lebenlang als Kahlkopf durch die Welt laufen!« jammerte Annemie aufs neue.

»Das wird er schon nicht vergessen, Herzchen, ich hab's ihm ja aufgeschrieben, und zum Überfluß kann ich ihn ja noch mal daran erinnern«, beruhigte sie Fräulein.

»Sprichst du ihn denn, Fräulein?« Annemie horchte auf, und ihre Tränen begannen langsamer zu fließen.

»Freilich«, nickte Fräulein. »Vier Wochen vor Weihnachten, da fragt er jeden Abend bei mir an, ob du artig oder unartig am Tage gewesen bist.«

»Erzählst du ihm immer alles ganz genau, Fräulein, jedesmal, wenn ich geheult habe?« erkundigte sich Nesthäkchen etwas kleinlaut.

»Natürlich, ich muß ihm doch die Wahrheit sagen«, meinte Fräulein.

»Auch daß ich heute über Gerdas Kahlkopf geweint habe, sagst du ihm?«

»Ja, aber darüber wird er nicht böse sein, du hast ja nicht aus Ungezogenheit, sondern nur aus Mitleid mit deinem Kinde geweint«, war die beruhigende Antwort.

»Laß dich bloß nicht mal aus Versehen von ihm in den Sack stecken, Fräulein!« Nesthäkchen machte ein halb ängstliches, halb schelmisches Gesicht bei dieser Vorstellung.

»Ich werde mich schon vorsehen«, lachte Fräulein. »Aber wolltest du denn nicht deine Schuhe abends für Knecht Ruprecht vor die Tür setzen, wie Elli, Herbert und Peter in Arnsdorf das vor Weihnachten stets zu machen pflegen, Annemie?«

»Ja, weißt du, Fräulein, ich wollte es ja so schrecklich gern. Denn wenn die Kinder am Tage artig gewesen sind, legt ihnen Knecht Ruprecht immer einen goldenen Faden und Pfeffernüsse in die Schuhe, und wenn sie unartig waren, einen Silberfaden und weiter gar nichts. Aber Klaus sagt, das macht Knecht Ruprecht nur in Schlesien, unser Berliner Knecht Ruprecht tut das nicht, weil es bei uns nicht Sitte ist.«

»Aber Herzchen, es gibt doch nur einen Knecht Ruprecht für die ganze Welt, das ist doch ein und derselbe in Schlesien und in Berlin«, belehrte sie Fräulein.

»Auch für Amerika?« Nesthäkchen schüttelte ungläubig den Kopf.

»Aber natürlich, sogar für Afrika.«

»Na, denn möchte ich aber wissen, wie der an einem Abend, in Berlin und in Amerika, in Schlesien und in Afrika nach all den vielen Kindern herumfragen kann«, eiferte sich Annemie. »Dann hat er sicher Siebenmeilenstiefel oder wenigstens ein Luftschiff.«

»Es wird wohl ein Luftschiff sein,« entschied Fräulein die schwierige Frage, »ich habe es schon manchmal abends surren hören. Aber ich würde es doch jedenfalls mal probieren, Annemiechen, und die Schuhe vor die Tür setzen. Dann siehst du gleich, ob Knecht Ruprecht die Sitte kennt oder nicht.«

Das war einleuchtend. Und mit Hinsicht darauf nahm Nesthäkchen sich heute noch viel mehr zusammen als sonst. Ja, als Klaus die verwandelte Gerda entdeckte und jubelnd mit dem kleinen Kahlkopf im Zimmer herumtanzte und dazu sang: »Die Gerda hat den Zopf verloren, sie sieht jetzt aus wie abgeschoren!« gab ihm Annemie nicht in ihrer Empörung zwei Püffe, wie sie erst gewollt, sondern nur einen. Das war doch entschieden sehr artig.

Vater machte dem Puppenkinde einen kunstgerechten Verband, daß es aussah wie der Araber aus Tausend und eine Nacht. Mutti aber legte Gerda ein großes Stück Schokolade als Pflaster auf, das heilte den Schmerz ihrer kleinen Mama gleich mit.

Am Abend stellte Annemie sorgsam ihre roten Hausschuhchen für Knecht Ruprecht vor die Kinderstubentür, und daneben baute sie sämtliche Puppenschuhchen auf. Denn ihre Kinder wollten doch auch einen Goldfaden und Pfeffernüsse haben. Da standen Gerdas Goldkäferschuhchen, Irenchens Lackschuhe, Mariannchens braune Schnürstiefel, Lolos weiße Lederschuhe, Babys gestrickte Wollschuhchen und von dem wilden Kurt nur ein zerlöcherter Stiefel. Der andere trieb sich Gott weiß wo herum.

Klein-Annemarie aber lag mit verhaltenem Atem im Bett neben Gerda.

Beide horchten.

Kam denn Knecht Ruprecht noch immer nicht? Annemie wollte ihn doch so schrecklich gern mal belauschen!

Surrrr - rrrrrr - deutlich vernahmen die zwei ein lautes Surren draußen im Hof.

»Du, Gerda, hörst du, das ist Knecht Ruprechts Luftschiff!« flüsterte Annemie aufgeregt.

Aber Gerda schüttelte den verbundenen Kopf: Ach Unsinn, das war doch bloß der Fahrstuhl!

Nein, sicher war es das Luftschiff gewesen, denn jetzt kam es tap - tap mit schweren Stiefeln den Korridor entlang, bis zur Kinderstubentür.

»Hörst du ihn?« fragte Klein-Annemie und wagte kaum zu atmen.

Aber Gerda war wieder anderer Meinung als ihre kleine Mama: Das konnte doch ebenso gut die Frida sein, die sich alle Puppenschuhchen zum Putzen holte. Vergeblich sperrte Annemie ihre kleinen Ohren auf. Nichts ließ sich mehr vernehmen, weder Knecht Ruprecht noch Fräuleins Stimme, die ihm doch Bescheid sagen wollte.

Ach Gott, wenn Fräulein nun vergaß, Knecht Ruprecht zu bestellen, daß Gerda neue Haare brauchte, wenn das arme Ding Zeit ihres Lebens so entstellt einhergehen mußte! Diese Vorstellung brach Annemie fast das weiche Herz.

»Nein, mein Gerdakind,« flüsterte sie zärtlich, während ihr schon wieder die Tränen in die Augen stiegen, »so sollst du nicht rumlaufen! Als Kahlkopf mit ohne Frisur kannst du dich doch gar nicht im Kindergarten sehen lassen. Sonst lachen dich die anderen Puppen ja aus. Nein, ich gebe dir einen von meinen Zöpfen ab, ich habe ja zwei!«

Und ehe Puppe Gerda sie zurückhalten konnte, war Annemie - hast du nicht gesehen - aus dem Bettchen und tappte zum Kinderstubentisch. Dort hatte Fräulein ihren Nähkasten mit der großen Schere stehen lassen.

Ritsch - ratsch - schnipp - schnapp - machte die Schere - da war das eine Rattenschwänzchen ab. Selig sprang die Kleine damit ins Bett zurück.

»So, Gerdachen, nun brauchst du nicht mehr traurig zu sein, nun hast du ebensolch schönes Zöpfchen wie ich!« Damit band Nesthäkchen ihr abgeschnittenes Rattenschwänzchen mit einem Haarband an Puppe

Gerdas Verband fest.

Gerda schmiegte sich dankbar an ihre gute kleine Mama, und dann schlief jeder von ihnen mit seinem einen Rattenschwänzchen glückselig ein.

Am anderen Morgen aber verwandelte sich das Glück in Tränen. Als Fräulein an Annemies Bett trat, um sie anzuziehen, war sie nicht weniger entsetzt, als die Kleine gestern beim Anblick ihrer Puppe.

»Annemie - um Himmels willen - was hast du denn bloß gemacht?«

Nesthäkchen sah Fräulein mit ihrer halben Jungs- und ihrer halben Mädchentolle groß an, sie dachte im Augenblick gar nicht an das abgeschnittene Rattenschwänzchen.

»Wo hast du denn bloß dein Zöpfchen gelassen?« Fräulein traute ihren Augen nicht.

»Das ist meiner Gerda über Nacht angewachsen.« Mit strahlendem Gesicht hielt Annemie die Puppe in die Höhe. Aber da war nichts von einem Zöpfchen zu sehen, nur der Verband saß auf dem Kopf.

Ja, wo war das Rattenschwänzchen denn bloß geblieben? Annemie begann in Hast zu suchen, während Fräulein noch immer ganz erstarrt dastand.

»Da ist es ja!« Unter dem Kopfkissen zog die Kleine ihr abgeschnittenes Zöpfchen, das Gerda im Schlafe verloren, hervor und hopste damit seelensvergnügt im Bett herum.

Bei diesem Anblick kam wieder Leben in Fräulein.

»Schämst du dich denn gar nicht, du Unart, dir deine Haare abzuschneiden, ach, was wird Mutti bloß sagen?« Damit war Fräulein aus dem Zimmer, um Frau Doktor Braun von der merkwürdigen Verwandlung ihres Nesthäkchens in Kenntnis zu setzen.

»Ich wollte doch man bloß meiner Gerda ein

Zöpfchen abschenken, weil sie doch nicht als häßlicher Kahlkopf rumlaufen kann.« Weinerlich verzog Annemie das noch eben lachende Gesicht, als Mutti in höchster Aufregung die Kinderstube betrat. »Lotte - Lotte - wie siehst du aus!« Mutti war noch entsetzter als Fräulein. »Weißt du nicht, daß du keine Schere anfassen darfst, du ungezogenes Kind?! Nun muß ich dir doch das andere Zöpfchen auch noch abschneiden lassen, so kann es nicht bleiben!«

Aber da ging Annemies leises Weinen in lautes Jammergeheul über.

»Nein - nein - ein Zöpfchen muß ich behalten, ich will nicht als häßlicher Kahlkopf in den Kindergarten gehen!« Sie schrie so laut, daß auch Vater erschien, um zu sehen, was denn seiner Lotte fehle.

Als Vater die schreckliche Geschichte von dem abgeschnittenen Rattenschwänzchen vernommen hatte, lachte er laut.

Ganz erstaunt richtete Nesthäkchen die tränennassen Augen auf ihn - war Vater denn nicht böse wie die andern?

Nein, Vater nahm sein Kleines auf den Arm, trocknete ihm die Tränen und sagte begütigend zu Mutti: »Unsere Lotte hat es nicht böse gemeint, sie wollte ihrem Kinde doch nur helfen. Mutterliebe denkt eben niemals an sich selbst, und - die Haare wachsen ja wieder!«

Aber vor dem Friseur mit der großen Schere vermochte auch Vater seinen Liebling nicht zu retten. Denn so konnte ihr Köpfchen wirklich nicht bleiben.

Ritsch - ratsch - schnipp - schnapp - da mußte auch das andere Rattenschwänzchen herunter, so bitterlich die Kleine auch im Friseurladen weinte.

Fräulein packte das Zöpfchen sorgsam ein, und

Klein-Annemie warf einen Blick in den großen Spiegel.

»Wie Klaus sehe ich aus - abscheulich -« schluchzte sie, »wenn Knecht Ruprecht jetzt bloß nicht denkt, daß ich ein Junge bin und mir lauter olle Soldaten zu Weihnachten bringt.«

»Eine Rute wird er dir bringen und nichts weiter - denn was anderes hast du doch wohl nicht verdient«, sagte Fräulein sehr bestimmt.

»Hat er mir denn was in meine Schuhe reingelegt?« Jetzt erst dachte Annemie an dieselben, über all der Aufregung waren sie in Vergessenheit geraten.

O weh - in Annemies roten Schuhchen lag kein Goldfaden und keine Pfeffernuß, nicht einmal ein silberner Faden. Und die Puppen hatten doch alle ein goldenes Fädchen und eine Pfeffernuß in ihrem Schuhchen gefunden, sogar der wilde Kurt. Aber von Annemie schien Knecht Ruprecht überhaupt nichts wissen zu wollen.

»Nein, Lotte, ich kann dich nicht mehr liebhaben.« Mutti hielt sich die Augen zu, als ihr Nesthäkchen mit dem kurzgeschorenen Jungskopf wieder bei ihr erschien.

»Und ich habe meine Gerda doch lieb gehabt, wenn sie auch ein Kahlkopf war!« sagte die Kleine halb weinerlich, halb vorwurfsvoll.

Da siegte auch bei Frau Doktor Braun die Mutterliebe. Sie nahm ihre Lotte auf den Schoß und gab ihr einen Kuß zur Verzeihung.

Das kleine Mädchen aber versprach hoch und heilig, es niemals wieder zu tun.

Ja, Annemie, das soll dir wohl auch schwer werden, denn so schnell, wie sie abgeschnitten sind, wachsen die Zöpfchen nicht wieder!

Fräulein brachte Hut und Mäntelchen herbei, denn es war Zeit für den Kindergarten. Aber Annemie, die sonst doch so gern zu Tante Martha ging, wollte heute durchaus nicht hin.

»Ich schoniere mich so toll, nachher denkt Tante Martha noch, ich bin ein fremder, kleiner Junge!« flüsterte sie Fräulein ins Ohr.

Die aber sagte: »Das schadet gar nichts, daß du dich schämst, das ist deine Strafe!«

»Denn soll mir Vater wenigstens einen Verband um den Kopf machen wie Gerda«, bat Annemarie flehentlich.

Aber Vater war fort auf Praxis. Und so traten zwei kleine Kahlköpfe, Annemie und Gerda, zu Tante Marthas und aller Kinder größtem Erstaunen heute im Kindergarten an.

Ach, Annemie mußte sich wirklich schämen, denn jeder fragte sie doch, wo sie denn ihre hübschen Zöpfchen gelassen habe. Trotzdem die Kinder jetzt so nette Weihnachtsarbeiten bei Tante Martha anfertigten und dazu mit hellen Stimmen Weihnachtslieder sangen, war Klein-Annemie lange nicht so vergnügt wie sonst. Das Lied »Morgen kommt der Weihnachtsmann« traute sie sich gar nicht mitzusingen, weil doch Knecht Ruprecht nichts von ihr wissen wollte.

Ein paar Tage später war der eine kleine Kahlkopf verschwunden - und zwar Puppe Gerda. Trotz Annemies ängstlichem Forschen kam sie nicht wieder zum Vorschein. Ob Klaus sie fortgenommen hatte oder am Ende gar Knecht Ruprecht - das blieb Nesthäkchen vorläufig ein Rätsel.

18. Kapitel. Puppenweihnachten.

Schneller als gedacht, war Heiligabend, der wichtigste Tag im ganzen Jahre, da. Knecht Ruprecht wußte nicht, wo ihm der Kopf stand. War das eine Hetze, um nur rechtzeitig mit all den Puppen und Soldaten, den Baukästen und Geschichtenbüchern auf der Erde einzutreffen. Sein Schlitten raste durch den verschneiten Winterwald. Denn Knecht Ruprecht ist ein altmodischer Mann, wenn Schnee liegt, kommt er am Heiligabend nicht im Luftschiff, sondern wie er es von jeher gewohnt, in dem Riesenwolkenschlitten zur Erde herab. Hinten auf dem Schlittensitz waren die Säcke voll Spielzeug verladen. Zwei kleine Engelchen mit silberweißen Schwanpelzen und rotgefrorenen Näschen hielten daneben Wache, daß bei der eiligen Fahrt keine Puppe zu schaden kam und kein Soldat die Flucht ergriff. Da hörten denn die beiden Engelchen ganz deutlich, wie das in dem Sack flüsterte und wisperte. Natürlich die Puppen waren's, Damen haben ja immer etwas zu schwatzen.

»Ich komme gewiß in ein Schloß zu einer kleinen Prinzessin«, sagte die eine Puppe, die fast so groß war wie ein Kind und ein rosa Seidenkleid trug, stolz. »Die kocht mir jeden Tag meine Leibgerichte: Schokoladensuppe und Rosinenbraten mit Marzipankartoffeln!«

»Ich möchte nicht in ein Schloß kommen«, meinte eine andere Puppe, die nur ein einfaches Kattunkleidchen besaß. »Eine kleine Prinzessin, die hat ja so viele Puppen, die freut sich gar nicht so sehr mit einer neuen! Nein, ich möchte zu einem armen, kleinen

Mädchen, deren einzige ich bin, die hat mich dann wirklich lieb.«

So sprach jede der Puppen ihre Hoffnungen aus, wohin Knecht Ruprecht sie wohl bringen würde. Die einen wollten aufs Land, weil es dort gesünder war, die andern fanden es in der Stadt interessanter. Die wünschten, in eine Kinderstube zu vielen Kindern zu kommen, und jene nur zu einem einzigen. Das waren die nervösen jungen Damen, die keinen Kinderlärm vertragen konnten.

Nur eine Puppe schwieg und sagte keinen Ton.

»Na, und Sie, Fräulein Gerda, wohin gedenken Sie Ihre Schritte zu richten?« fragte man sie von allen Seiten.

»Ich möchte nur wieder zu meiner früheren Puppenmama zurück, von der Knecht Ruprecht mich geholt hat, um mir neue Haare wachsen zu lassen. Ich habe solche Sehnsucht nach Klein-Annemie, und die auch ganz sicherlich nach mir. Ich war ja ihr Nesthäkchen, und wir haben uns so lieb gehabt, so lieb!« flüsterte die Puppe innig.

»Aber wenn Knecht Ruprecht Sie nun wo anders abgibt?« fragte die stolze Puppe in dem rosa Seidenkleid.

»Dann sterbe ich sicherlich vor Sehnsucht nach Annemie«, seufzte die Puppe bang.

Die Engelchen draußen auf dem Schlittensitz hatten das Gespräch der Puppen deutlich gehört, und es wurde ihnen trotz der schneidenden Winterkälte warm ums Herz bei den liebevollen Worten der letzten Puppe.

»Wir werden schon dafür sorgen, daß Knecht Ruprecht dich richtig wieder zu deiner kleinen Mama Annemie bringt, du braves Puppenkind«, sagte das eine.

Knecht Ruprecht aber ließ jetzt halten, zog sein großes Fernglas aus dem Pelz und lugte durch dasselbe.
»Potzelement - wir müssen uns eilen, in allen Kinderstuben hockt schon die kleine Gesellschaft an
den Fenstern und schaut nach mir aus. Himmel - da
schlägt's ja auch schon dreiviertel auf Weihnachten!
Nun aber vorwärts!« Aufs neue brauste der Wolken-
schlitten durch das Schneeland.
Ja, in allen Kinderstuben preßten sich kleine Näschen
erwartungsvoll gegen die Fensterscheiben.
Nur Doktor Brauns Nesthäkchen hatte keine Zeit
dazu. Das kleine Puppenmütterchen hatte selbst
noch alle Hände voll zu tun, um die Bescherung für
ihre Kinder herzurichten. Die waren heute sämtlich
aus der Kinderstube ausgesperrt. Bei Hanne draußen
auf dem Fensterküchenschrank hockten sie. Kurt und
Lolo hauchten Gucklöcher in das vereiste Blumen-
muster des Fensterglases, Irenchen und Mariannchen
tauschten ihre Meinungen darüber aus, was wohl aus
Schwester Gerda geworden war, und Klein-Babychen
überlegte aufgeregt, ob es wohl zu Weihnachten kurze Kleider erhalten würde.
Drinnen in der Kinderstube aber tappelte ihr Mütterchen mit heißen Wangen geschäftig hin und her. Mitten auf den weißen, kleinen Tisch stellte Annemie das
niedliche Puppenweihnachtsbäumchen. Daran hing
sie bunte Zuckerkringel. Die Weißen Wachsstreich-
hölzer, die prächtige Weihnachtslichte abgaben, hatte Fräulein schon auf den grünen Zweigen befestigt.
Dann holte Annemie sechs Teller aus ihrer Küche
herbei. Auf jeden legte sie eine winzig kleine Pup-
penstolle. Die gute Hanne hatte sie auf Nesthäkchens
Bitten für ihre Kinder mitgebacken. Dazu kamen ganz
kleine Scheibchen Pfefferkuchen, eine Haselnuß, ein

Stückchen Marzipan - und die bunten Schüsseln für die Puppen waren fertig.

Rings auf den Tisch baute Klein-Annemarie die Teller auf - eins, zwei, drei, vier, fünf, sechs - ja, für wen sollte denn der sechste sein? Draußen an dem Küchenfenster saßen doch nur fünf Puppenkinder und warteten auf die Bescherung.

Mit besonderer Liebe stellte Nesthäkchen den sechsten Teller bereit, mütterlich strich sie über die kleine Marzipanbrezel.

»So, mein Gerdachen, der ist für dich, du sollst nicht leer ausgehen, wenn du doch vielleicht heute zu mir zurückkommst. Ich habe den lieben Gott ja jeden Abend gebeten, dich mir wiederzuschicken. Und Fräulein sagt, Weihnachten kehren alle Puppen zurück, wenn ihre kleinen Mamas gut zu ihnen gewesen sind. Und ich war doch nicht schlecht zu dir, mein Gerdachen? Ich habe mir ja sogar für dich mein Zöpfchen abgeschnitten!« Die Kleine fuhr sich über den kurzgelockten Blondkopf.

Dann aber lief Annemie eilig zu ihrem kleinen Schränkchen und kramte allerliebste Sächelchen daraus hervor, die sie im Kindergarten bei Tante Martha für ihre Puppen gearbeitet hatte. Ach, wie fleißig war Nesthäkchen gewesen!

Da gab es einen geschmackvollen Teppich für die Puppenstube, aus bunten Bändern geflochten, den sollte Irenchen haben. Mariannchen bekam ein kleines Perltäschchen zum Anhängen für ihr Taschentuch. Kurt einen kleinen, silbernen Papierpantoffel, nur einen, weil er den zweiten ja doch bloß verlor. Für Lolo hatte das Puppenmütterchen eine blaue Perlhalskette aufgezogen und für Baby eine aus roten Korallen. Auf Gerdas Platz aber legte Annemarie eine Kette aus

goldenen Perlen und ein silbernes Armband.
So - nun war der Puppenaufbau fertig, doch Nesthäkchen war noch nicht zu Ende mit ihren Liebesgaben. Für alle hatte sie ihre emsigen Fingerchen geregt, aber auch für alle.
Auf den großen Kinderstubentisch kamen die Geschenke für die Großen. Das rot- und goldgestreifte Lesezeichen für Großmama obenan, und das blausilbern karierte für Tante Albertinchen daneben, denn auch die fehlte am Weihnachtsabend nicht. Für Mutti hatte Nesthäkchen ein niedliches Fuselkörbchen geflochten und für Fräulein einen Serviettenring. Vater bekam einen Kalender in Leder, den Annemie mit roter Seide ausgestickt hatte. Bruder Hans einen Tintenwischer mit schwarzer Seide, damit man die Kleckse nicht sah. Selbst für Klaus hatte das gute Schwesterchen gearbeitet, trotzdem der sie doch immer ärgerte. Eine prächtige Pferdeleine aus bunter Wolle hatte sie bei Tante Martha für ihn durch einen ausgehöhlten Korken knüpfen gelernt. Auch Hanne und Frida, die immer so nett zu der Kleinen waren, durften nicht leer ausgehen. Sie bekamen Pappbilder für ihr Zimmer in Durchstecharbeit. Frida den Zappelphilipp aus dem Struwwelpeter, und Hanne den Suppenkaspar, weil der doch gerade so kugelrund war wie sie selbst.
Dann aber brachte Annemie ihr letztes Geschenk herbei: Ein Halsband war es aus bunten Perlen, das sollte doch sicherlich Puck bekommen.
Nun wurde das Schränkchen endlich leer, und das war gut. Denn jetzt schien es auch die höchste Zeit. Draußen vor dem Haus an dem beschneiten Vorgarten hielt bereits Knecht Ruprechts Schlitten. Geschäftig luden die kleinen Engel allerlei ab und trugen es ins Haus. Das bis über die Nase vermummte Engelchen,

das als Kutscher auf dem Bock thronte, knallte ungeduldig mit der Silberpeitsche. Herrgott, war man denn noch nicht fertig, sie mußten doch weiter!

»Habt ihr mir auch die Puppe für Klein-Annemarie richtig bei Doktors abgegeben, ihr Engelbengelchen?« brummte Knecht Ruprecht, als die kleinen Auflader jetzt endlich pustend und schnaufend zurückkehrten.

»Die haben wir zu allererst abgebracht, weil sie solche Sehnsucht nach ihrer kleinen Mama hatte«, sagte das eine Engelchen eifrig.

Und klinglingling - sauste Knecht Ruprechts Schlitten davon.

Klinglingling - da sprangen droben bei Doktors die Türen, die den ganzen Tag verschlossen gewesen, auf - klinglingling - da sprangen Hans, Klaus und Nesthäkchen ins Weihnachtszimmer.

Der große Tannenbaum flammte, blitzte und glitzerte mit vielen, vielen Lichtern. Klein-Annemie war so geblendet und benommen, daß sie vorläufig überhaupt noch nichts unterscheiden konnte.

Aber als jetzt Klaus, der seit kurzem Klavierstunde hatte, sich ans Klavier setzte und Hans zur Geige griff, als die beiden Jungen nun als Weihnachtsüberraschung »Stille Nacht, heilige Nacht« zu spielen begannen, da sang auch Annemie hell mit den andern mit.

Plötzlich jedoch stockte sie - durch die Zweige des Weihnachtsbaumes winkte ein Puppenarm - ein bekanntes Gesichtchen lugte schelmisch herüber - »Gerda, mein süßes Gerdachen!« Mitten in das Weihnachtslied hinein erschallte es jubelnd, und jetzt war kein Halten mehr.

Das Puppenmütterchen hatte bereits ihr so lang entbehrtes Kind an das Herz gepreßt und bedeckte sein ebenfalls freudiges Gesicht mit heißen Küssen, während der Weihnachtssang ohne Annemie zu Ende ging.

»Bist du denn wieder da, mein Kleines, wo hast du denn bloß solange gesteckt, hast du dich denn gar nicht nach deinem Mütterchen gebangt?« flüsterte Nesthäkchen.

Puppe Gerda machte ein geheimnisvolles Gesicht. Wo sie solange gewesen war, ei, das erzählte sie ihrer kleinen Mama erst abends im Traum.

»Stille Nacht, heilige Nacht« war verklungen, und Fräulein stieß Annemie an, ihr Gedicht, das sie im Kindergarten für die Eltern gelernt, nun herzusagen. Aber Nesthäkchen hatte ihr Weihnachtsgedicht und alles um sich herum vergessen. Gerda war wieder da - weiter wußte sie nichts.

»Na, Lotte, gefällt dir dein Kind denn jetzt - hast du auch schon gesehen, daß ihr deine Rattenschwänzchen an den Kopf gewachsen sind?« fragte Mutti lächelnd über das Wiedersehensglück der beiden.

Nein, das hatte Annemie noch nicht bemerkt. Richtig - Gerda war kein Kahlkopf mehr, zwei stattliche Blondzöpfchen hingen ihr den Rücken entlang, dieselben, die sich ihre kleine Mama für sie abgeschnitten hatte. So war das Opfer doch nicht umsonst gewesen! Und ein neues Kleid aus rosa Batist trug sie, dazu eine grüne Sportjacke und Mütze -»ach, die hat mir sicherlich Großmuttchen gestrickt!« Voll ungestümer Dankbarkeit hingen sich Annemie und Gerda an Großmamas Hals, daß der alten Dame fast die Luft ausging.

»Ich habe aber noch etwas, was mir Knecht Ruprecht für dich gegeben hat, Herzchen«, sagte Großmama, als sie wieder zu Atem gekommen war, und wies auf Nesthäkchens Geschenktisch. Da stand er - der Herr Leutnant, ein großer Puppensoldat. Eine

feine Uniform trug er, und das Gewehr präsentierte
er stramm vor Annemie.

»Ei, fein - da hat Knecht Ruprecht doch gedacht, daß
ich jetzt ein Junge bin, weil ich keine Zöpfe mehr
habe«, jauchzte die Kleine, nahm den Herrn Leutnant
auf den linken Arm, da auf dem rechten bereits Gerda
Platz genommen hatte, und gab ihm einen zärtlichen
Kuß.

»Na, ein halber Junge bist du doch auch, Lotte«, neckte Vater.

Nun endlich fand Annemie Zeit, auch ihre andern Geschenke zu bewundern und den Eltern von Herzen zu
danken. Wenn auch keine kleine Sprechstunde und
kein kleines Warenhaus dabei war, sie konnte mit den
wunderschönen Geschenken zufrieden sein. Sogar
eine neue Ausstattung von kurzen Kleidern für Babychen hatte Fräulein ihr geschneidert.

Aber das Schönste war und blieb doch Gerda und der
Herr Leutnant.

»Der soll meine Puppen verteidigen, wenn Klaus mal
wieder Krieg gegen sie führt«, sagte Annemie eifrig.

Puppe Gerda nickte erfreut, nun hatte sie doch einen
Ritter, der sie gegen ihren Feind Klaus beschützte,
noch dazu einen mit einem Gewehr. Freilich, Hanne machte ihr den Kavalier streitig, denn die wollte
durchaus nächsten Sonntag mit dem schmucken Soldaten ausgehen.

Aber als die gute Hanne jetzt eine niedliche blaue
Küchenschürze für Nesthäkchen herbeibrachte, die
sie selbst für sie genäht, da eine Küchenschürze doch
unbedingt zu den kleinen Holzpantinen gehörte, sagte Annemie dankbar: »Ich borge Ihnen meinen Herrn
Leutnant sehr gern zum Ausgehen, Hanne. Sie müssen sich nur vorsehen, daß Sie ihn nicht zerschlagen,

weil Sie doch soviel Tassen kaput machen.«
Auch Tante Albertinchen holte jetzt aus ihrem großen
Perlpompadour ein Geschenk für Annemie heraus.
Etwas enttäuscht blickte die Kleine darauf. Es war ein
weißes Garnknäuel mit kleinen Stricknadeln.
»Soll das vielleicht für Großmama sein?« fragte Nesthäkchen, denn Großmama war die einzige, die Annemie bisher mit einem Strickstrumpf gesehen hatte. Am Ende hatte sich Tante Albertinchen geirrt und
ihr aus Versehen das für Großmama bestimmte Geschenk gegeben, weil sie doch schon so alt war.
Aber Tante Albertinchen schüttelte den Kopf mit den
grauen Löckchen.
»Nein, mein Kind, das ist für dich. Ein Wunderknäuel
ist es, an dem sollst du stricken lernen. Ist das Knäuel
abgestrickt, kommt zur Belohnung etwas ganz Wunderschönes zum Vorschein«, erzählte die Tante der
aufhorchenden Kleinen.
»Ei, da will ich gleich morgen damit anfangen, ich
stricke dir ein paar schöne Strümpfe, Tante Albertinchen«, versprach Annemie.
»Warte nur, bis du in die Schule kommst, da lernst du
stricken, Annemiechen«, meinte Fräulein.
»Oder Nesthäkchen lernt es bei der Großmama, was,
Herzchen?« fiel diese ein.
»Ich kann es ja auch im Kindergarten lernen, Tante
Martha hat mir doch auch das Flechten beigebracht -
ach, meine Bescherung!« Wie ein Wirbelwind war die
Kleine zur Tür hinaus.
Sie hatte ja über die eigenen Weihnachtsgaben ganz
ihre Kinder vergessen. Die armen Puppen saßen noch
immer im Dunkeln in der Küche und warteten, daß
Knecht Ruprecht nun endlich kommen sollte.
Fräulein zündete die Wachskerzen auf dem kleinen

Weihnachtsbaum an, und das Puppenmütterchen klingelte so laut, daß Irenchen vor Schreck auf den Rücken fiel. Dann holte sie all ihre Kinder herein, und auch die Großen kamen mit zur Puppenbescherung. Nein, war das eine Freude! Kurt schmiß sofort seinen silbernen Papierpantoffel in die Luft, daß er nicht wiederzufinden war; Irenchen bewunderte ihren Teppich so begeistert, daß sie ganz rote Backen davon bekam. Mariannchen riß plötzlich ihre so lang verklebten Augen wieder auf, denn sie wollte doch wenigstens sehen, was Annemie für sie gearbeitet hatte. Babychen probierte die neue Korallenkette gleich um, und Gerda schmiegte sich voll Dankbarkeit an ihr fleißiges Mütterchen. Nur Lolo blickte neidisch auf Gerda, weil die eine goldene Kette bekommen hatte. Aber zur Strafe kam sie zu dicht an den Weihnachtsbaum heran und versengte sich ihren schwarzen Krauskopf.

Nun waren die Großen an der Reihe. Alle bewunderten Nesthäkchens Fleiß, und am meisten Großmama, denn das tun Großmütter immer. Nur Puck und Klaus hatten leider ihre Geschenke verwechselt. Klaus band sich das Perlhalsband um den linken Arm, weil er geimpft aussehen wollte wie Hans, und Puck zerbiß vergnügt Annemies so schön gearbeitete Pferdeleine.

Jetzt wußte auch Nesthäkchen wieder ihr Weihnachtsgedicht. Sie sagte es mit lauter Stimme klar und deutlich auf und bekam von Vater dafür einen Kuß und von Mutti auch einen, von Großmama aber zwei.

Die Weihnachtslichter brannten herunter, sie wurden kleiner und kleiner, und Nesthäkchens Augen wurden ebenfalls klein und kleiner. Da brachte Fräulein das müde Kind ins Bett. Vorher gab's jedoch noch eine Überraschung. Das gute Fräulein hatte ihr aus einem

Körbchen ein reizendes Bettchen für Gerda gearbeitet. Heute aber trennte sich Annemie nicht von ihrem heimgekehrten Kinde. Gerda wanderte mit ihr ins Bett und erzählte ihrer kleinen Mama im Traum von Knecht Ruprechts schönem Puppenland, in dem sie so lange gewesen.

Der Herr Leutnant aber stand die ganze Nacht Posten und hielt Wache.

19. KAPITEL. DIE NEUE SCHULMAPPE.

Die liebe Sonne hatte den Schnee geschmolzen. Der steinerne Springbrunnenjunge drunten im Hof hatte sich aus seinem weißen Schneepelz, den er im Winter getragen, herausgestrampelt und stand wieder als kleiner Nackedei da. Aus der Erde lugten schon die ersten grünen Grasspitzen heraus. Bald konnte Annemie wieder im Tiergarten spielen.

Aber vorläufig gefiel es ihr jetzt zu Hause besonders gut. Drüben waren neue Mieter eingezogen. Annemie konnte gerade in die Kinderstube sehen. Da hielten drei niedliche Kinder mit Puppen und Pferdchen ihren Einzug. Das größte Mädelchen mochte ungefähr in Annemies Alter sein.

Zugenickt hatten sich die kleinen Mädchen schon oft, auch sich gegenseitig bereits ihre Puppen am Fenster gezeigt. Aber gesprochen hatten sie noch nie miteinander. Zwar hatte Nesthäkchen öfters Mutti gebeten, ob sie sich die Kleine nicht zu Besuch herüberholen dürfte. Aber Mutti wollte vorläufig nichts davon wissen, da sie die Eltern des kleinen Mädchens noch nicht kannte.

»Laß dich von Fräulein fertigmachen, Lotte, ich will dich mitnehmen«, sagte Mutti eines Tages.

»Gehe ich denn heute nicht zu Tante Martha in den Kindergarten?« wunderte sich Annemie.

»Nein, Lotte, wir haben heute etwas viel Wichtigeres vor.« Mutti machte ein geheimnisvolles Gesicht.

»Ach, bitte, bitte, liebe, einzige Mutti, sage mir doch, was das ist«, quälte das neugierige, kleine Fräulein.

Aber Mutti lächelte nur und verriet nichts, so viel Nesthäkchen sie auf dem Wege auch mit Fragen bestürmte.

Durch den Tiergarten ging's ein Stück, dann eine lange Straße entlang, und nun standen sie vor einem großen, roten Haus mit einer hohen Mauer. »Ist hier das Gefängnis?« Nesthäkchen griff ängstlich nach Muttis Hand und versuchte, sie zurückzuziehen.

»Nein, ganz so schlimm ist es nicht«, lachte Mutti. »Das ist deine neue Schule, ich will dich beim Direktor anmelden, Lotte.«

Immer noch mißtrauischen Blickes betrat Nesthäkchen zum erstenmal die Schule. Es war gerade Zwischenpause. Auf dem großen Hof spazierten viele kleine und große Mädchen herum, lustig schwatzend und lachend, und dabei ihr Frühstücksbrot verzehrend. Die kleinsten aber hatten sich zu einem Kreis zusammengetan und spielten »Katze und Maus.«

Das bange Gefühl, das Klein-Annemarie beim Anblick der hoben Mauer beschlichen, verschwand. Ach, wie hübsch war es hier, fast so schön wie bei Tante Martha im Kindergarten.

»Ich will mitspielen!« Nesthäkchen machte sich plötzlich von Muttis Hand los und lief auf den Kinderkreis zu.

Aber Mutti fing die kleine Ausreißerin wieder ein.

»Später, wenn du erst ein richtiges Schulmädchen bist, darfst du mitspielen, jetzt müssen wir zum Herrn Direktor. Sei nur nicht schüchtern, Lotte, und gib Antwort, wenn er dich etwas fragt.«

»Ich werde doch nicht so dumm sein und mich schonieren!« meinte das Töchterchen eifrig.

Der Herr Direktor war ein freundlicher Herr mit einem grauschwarzen Vollbart. Er sah eigentlich ein bißchen wie Vater aus und gefiel der Kleinen deshalb sofort. Freundlich sagte er: »Also das ist die neue, kleine Schülerin - wie heißt du denn, mein Kind?«

»Annemie,« antwortete Nesthäkchen laut und machte dabei ihren schönsten Knicks, »aber wenn ich artig bin, heiße ich Lotte.«

»Hm - für uns genügt Annemarie«, lächelte der Herr Direktor. »Und wie ist der Vatersname?« Er wandte sich jetzt an die Mutter.

»Annemarie Braun«, antwortete diese.

»Geburtsdatum?«

Aber ehe Mutti noch antworten konnte, hatte Nesthäkchen schon mit strahlendem Gesicht ausgerufen: »Am 9. April habe ich Geburtstag, und da wünsche ich mir von Großmama eine Schulmappe und ein Rasierzeug für meinen Herrn Leutnant, weil Klaus ihm einen Bart angemalt hat, und nachmittags gibt es Schokolade mit Schlagsahne!«

»Das ist ja wunderschön«, jetzt lachte der nette Herr Direktor richtig. Dann notierte er das Geburtsjahr, den Stand des Vaters und die Wohnung.

Inzwischen hatte Annemie Mutti etwas bittend zugeflüstert, aber die schüttelte abwehrend den Kopf.

»Möchtest du noch etwas, mein Kind?« fragte der Herr Direktor.

Da schlug Nesthäkchen die großen, blauen Augen treuherzig zu ihm auf.

»Ich möchte so schrecklich gern auch gleich meine Gerda mit in der Schule anmelden, sie hat schon zwei lange Zöpfe und eine Schulschürze.«

»Na, dein Schwesterchen ist wohl noch zu klein zum Schulbesuch, laß sie nur erst so groß werden, wie du bist«, der Herr Direktor klopfte ihr freundlich die Wange.

»Aber Gerda ist doch nicht mein Schwesterchen«, lachte Annemie laut auf, trotz Muttis Versuche, das kleine Plappermäulchen zum Schweigen zu bringen.

»Gerda ist doch mein Jüngstes, mein Nesthäkchen, aber im Kindergarten war sie auch aufgenommen.«

»Ja, für Puppen haben wir hier aber keinen Platz, dazu ist die Klasse zu sehr überfüllt«, meinte der Herr Direktor gut gelaunt. »Nun finde dich pünktlich am 10. April um zehn Uhr in der zehnten Klasse ein und sei recht fleißig. Adieu, gnädige Frau, adieu, mein Kind.«

Wieder knickste Annemie, und dann standen sie draußen in dem langen Korridor mit den vielen Türen.

»Du warst gar nicht artig«, begann Mutti, als sie wieder auf der Straße waren, unzufrieden. »Wie konntest du bloß so vorlaut sein!«

»Aber der Herr Direktor hat mich doch gefragt.« Nesthäkchen verzog weinerlich den Mund. »Und wenn er meine Gerda nicht will, dann gehe ich überhaupt auch nicht in die olle Schule! Ohne Gerda macht mir's gar keinen Spaß!«

»Spaß soll dir die Schule auch nicht machen, Lotte, da wirst du eifrig lernen, damit du kein kleines Dummchen bleibst!« sagte Mutti ernsthaft.

Aber als der 9. April nun erschienen war, als auf Nesthäkchens Geburtstagstisch sieben Lichte und ein großes Lebenslicht flammten, als in der Mitte die neue, braune Schulmappe von Großmama prangte, da freute sich Annemie doch wieder auf die Schule. Ach, die hübsche Fibel mit den Bildern, der feine Federkasten, der so lustig zuknipste! Und eine Federbüchse war drin, genau wie Klaus sie hatte; ein kleiner, schwarzer Kater als Tintenwischer und dazu noch Federhalter und lange, rote Bleistifte. Annemie ruhte nicht eher, als bis sie das neue, grünschottische Schulkleidchen anprobieren durfte, dazu band sie die schwarze Schulschürze um, die noch viel feiner war als Gerdas.

Auch die lederne Frühstücksbüchse oder wie Klaus sie nannte, die »Futtertrommel« wurde umgehangen, und zuguterletzt noch die neue Schulmappe aufgeschnallt. So - nun war das kleine Schulmädel fertig. Zuerst ging es zu Vater ins Sprechzimmer, das zum Glück leer von Patienten war.

»Vater, ich bin jetzt ein richtiges Schulmädchen!« und da saß das richtige Schulmädchen mit ihrer Mappe auch schon auf Vaters Knie.

»Ach, da kann ich dich ja nicht mehr auf meinen Schultern reiten lassen, Lotte, das tut mir aber leid, ein Schulmädchen ist schon zu groß dazu«, meinte Vater lächelnd.

Das Geburtstagskind machte ein nachdenkliches Gesicht.

»Ach, weißt du was, Vatchen, heute kannst du mich noch ruhig reiten lassen, denn ein ganz richtiges Schulmädchen bin ich doch erst morgen.« Annemie, die für ihr Leben gern auf Vaters Schultern ritt, war froh, einen Ausweg gefunden zu haben.

Einige Sekunden später konnte man etwas Merkwürdiges sehen. Doktor Braun sprang im Trab und Galopp durch die ganze Wohnung, und auf seinen Schultern ritt ein kleines Schulmädel mit der aufgeschnallten Mappe und schrie jauchzend: »Hü« - »Hott« - und »brrr«.

»So, das war die Abschiedsvorstellung.« Vater blieb schweratmend stehen und ließ die kleine Reiterin absteigen. »Von heute ab ist es aus mit dem Vergnügen!«

»Aber meine Gerda kannst du doch noch reiten lassen, die ist doch in der Schule nicht angenommen worden«, bat die Kleine.

Das versprach Vater denn auch.

»Mutti, wer wird denn die Krümelchen vom Kaffee-
tisch abfegen und sie für die Vögelchen aufs Blumen-
brett streuen, wenn ich nun jeden Tag in die Schu-
le muß?« erkundigte sich Annemie, stolz mit ihrer
Schulmappe auf und ab marschierend.
»Ja, du wirst mir sehr fehlen, meine Lotte.« Mutti zog
Annemies Blondkopf zu sich heran, ganz dicht, damit
Nesthäkchen nicht sehen sollte, wie schwer es Mutti
wurde, ihr Kleinstes nun auch in die Schule zu geben.
Aber das jagte schon zur Küche hinaus.
»Frida - Hanne - haben Sie schon meine neue Schulmappe gesehen?«
»Ih der Tausend«, machte Hanne und vergaß vor lauter Bewunderung den Mund wieder zuzumachen.
»Da muß ich wohl die Brezel auf deiner Geburts-
tagstorte heute noch mal so groß backen wie sonst,
was, Annemiechen?«
»Ja, Schulmädel haben doppelten Hunger«, stimmte
die Kleine ernsthaft zu.
»Aber Annemie, du kannst doch gar nicht in die Schule gehen,« neckte Frida,»wer soll mir denn morgens
beim Aufräumen helfen? Die Teppichmaschine läuft
überhaupt nicht ohne dich.«
»Und zum Einholen brauche ich dich auch,« fiel Hanne ein,»wenn du nicht mehr mitkommst, wem sollte
der Kaufmann dann wohl den Bonbon schenken?«
Ganz betroffen stand Klein-Annemie da. Ja, wirklich,
sie konnte nicht in die Schule gehen, sie hatte zu Hause zu viel zu tun, sie wurde zu notwendig gebraucht.
Und als sie nun in ihre Kinderstube trat und die Puppen alle dasaßen, mit Blumensträußchen in den
Händen, die Fräulein für sie besorgt hatte, um ihrer
kleinen Mama zu gratulieren, da fühlte Nesthäkchen
noch viel mehr, wie unentbehrlich sie war. Was sollte

denn bloß aus ihren Kindern werden, wenn sie in die Schule ging?

»Es ist ja schade um die schöne, neue Schulmappe,« sagte sie nach reiflicher Überlegung, »aber ich kann dem Herrn Direktor nicht den Gefallen tun und morgen zur Schule kommen. Mutti, Hanne und Frida brauchen mich zu nötig, und meine Kinderchen wären ja dann ganz verlassen. Puck, und du, Fräulein, ihr beide wißt auch sicher nicht, was ihr ohne mich anfangen sollt.«

»Na, für deine Kinderchen könnte ich ja sorgen, Annemie, da habe ich gleich was zu tun«, lachte Fräulein. »Und Mutti, Hanne und Frida müssen eben sehen, daß sie ohne dich fertig werden. Jeder Mensch muß in die Schule gehen und was lernen, sonst bleibt er dumm, und alle Leute lachen ihn aus.«

Nein - ausgelacht wollte Nesthäkchen nicht werden!

»Ja, denn hilft es nicht, mein Gerdachen, ich muß nun morgen in die Schule«, seufzte sie, ihren Liebling auf den Arm nehmend.

Mit unverhohlener Bewunderung schaute Puppe Gerda auf die neue Schulmappe, und auch die andern Puppen staunten ihre kleine Mama als Schulmädel an.

»Was wirst du denn nun ohne mich anfangen, Gerdachen?« flüsterte Annemie weiter der Puppe ins Ohr.

Die machte ein trauriges Gesicht.

»Du könntest ja vielleicht mit Hanne einholen gehen und statt meiner den Bonbon vom Kaufmann kriegen«, überlegte Nesthäkchen weiter.

Puppe Gerdas Gesicht heiterte sich auf.

»Oder aber du gehst allein zu Tante Martha in den Kindergarten, die war doch immer nett zu dir, und ich habe ihr auch versprochen, sie oft zu besuchen«, überlegte die Kleine weiter.

Da fiel ihr Blick auf den Herrn Leutnant mit dem stattlichen Schnurrbart, der angelegentlich zu den beiden herüberblickte.

»Halt - ich hab's, du machst noch heute mit dem Herrn Leutnant Hochzeit, Gerda, dein Bräutigam ist er ja schon lange. Dann hast du einen Mann und bist nicht mehr allein, wenn ich in die Schule muß!« rief Nesthäkchen plötzlich erfreut.

Gerda lachte über das ganze Gesicht. Einen schöneren Mann konnte sie sich nicht wünschen. Aber auch der Herr Leutnant strahlte und stand noch strammer da als sonst, denn Gerda war ein allerliebstes Puppenmädchen.

Irenchen aber blickte neidisch auf die beiden, sie hätte auch zu gern den schmucken Herrn Leutnant zum Mann gehabt.

»Ja, Irenchen, du sollst auch Hochzeit machen, weil du doch meine Älteste bist«, sagte da die vorsorgliche kleine Puppenmutter, der Irenchens weinerliche Miene nicht entging. »Einen Herrn Leutnant habe ich ja nicht mehr für dich, bloß meinen Kurt, aber dann hast du doch wenigstens auch einen Mann, wenn er auch kaputige Beine hat.«

Irenchen nickte getröstet, weil sie sah, daß Mariannchen jetzt auf ihren Kurt neidisch war. Aber für Mariannchen konnte Nesthäkchen beim besten Willen keinen Mann mehr beschaffen. Höchstens Puck kam noch in Frage, aber den wollte Mariannchen nicht, weil er solch Krakeeler war und immer blaffte und seiner Frau auch sicherlich die besten Happen fortschnappen würde.

So wurde am Nachmittag, als die

Geburtstagsschokolade mit Schlagsahne getrunken war, in Nesthäkchens Kinderstube Puppenhochzeit gefeiert.

Die beiden Bräute bekamen ihre weißen Kleider an, Gerda das mit der rosa Schärpe, und Irenchen das mit der blauen. Als Schleppe aber steckte Annemie jeder ein Taschentuch an das Kleid, denn eine Braut muß eine Schleppe haben. Von Mutter hatte sich Nesthäkchen einen alten, weißen Schleier erbettelt, der wurde getreulich zwischen Gerda und Irenchen als Brautschleier geteilt. Frida hatte ihr zwei kleine Kränzchen geflochten, und da gerade keine Myrte da war, hatte sie grüne Petersilie dazu genommen. Aber es sah genau ebenso schön aus. Auch der Herr Leutnant und Kurt trugen ein Petersiliensträußchen in ihrem Knopfloch. Kurt sah zwar für einen Bräutigam etwas zerfetzt aus, aber dafür hatte ihm Annemie einen tadellosen Helm aus Zeitungspapier gemacht, da der Herr Leutnant doch auch eine Soldatenmütze trug.

Nun fuhr die Brautkutsche vor. Das war der weiße Puppenwagen, vor den Annemie das Schaukelpferd von Klaus gespannt hatte. Feierlich ging es so zur Kirche. Auf dem Vordersitz saß der Herr Leutnant mit seiner Gerda, auf dem Rücksitz das zweite Brautpaar, Irenchen und Kurt. Letzterer sah recht betrübt drein, es schien ihm schwer zu werden, sein lustiges Leben aufzugeben und ein gesetzter Ehemann zu werden.

Mariannchen und Lolo trugen den Bräuten die Schleppe, und Baby streute Blumen. Nesthäkchen aber hielt die Traurede.

»Wollt ihr euch alle vier heiraten?« fragte sie die Brautpaare.

Und da keiner von ihnen »Nein« sagte, fuhr sie fort: »Na, denn man los!« Drauf zog sie ihnen

Gardinenringe als Eheringe über die Hände, und damit war die Trauung zu Ende.

Nun kam die Hochzeitstafel. Die kleine Brautmutter deckte sie selbst mit ihrem schönsten Puppenservice. Alle zur Hochzeit geladenen Puppen nahmen daran Platz, und ließen sich die übriggebliebene Schlagsahne schmecken.

Kurt, der wilde Bräutigam, sprang zwar mit dem einen abgeschlagenen Bein in die Schlagsahne hinein, aber Irenchen, die jetzt seine Frau war, trocknete ihn sorglich mit ihrer Taschentuchschleppe ab.

Dann brachte Annemie mit Gänsewein das Wohl der Brautpaare aus, und alle stießen mit Kaffeetassen an, da keine Gläser vorhanden waren.

Klaus aber schleppte jetzt seinen Leierkasten herbei und begann lustig darauf los zu dudeln. Da fingen sie alle an zu tanzen. Jeder Bräutigam hopste mit seiner Braut herum, und Annemie tanzte mit Puck.

Und dann war die Hochzeit aus, und das jetzt siebenjährige Nesthäkchen lag, müde von dem schönen Tage, im Bettchen.

»Morgen geht's in die Schule!« dachte sie und »ach, wie freue ich mich, daß ich meine Kinder so gut versorgt habe!« Dann schlief Nesthäkchen.

Aber im Traum hörte Klein-Annemarie ganz deutlich, wie der Leierkasten plötzlich von selbst zu dudeln anfing. Und jetzt - nanu, was war denn das?

Der Herr Leutnant legte die Hand an die Mütze und salutierte vor seiner Frau Gerda, und dann hüpften sie beide zusammen im Galopp davon. Auch Kurt machte vor Irenchen einen Diener und begann sich mit ihr zu drehen, er tanzte trotz seiner abgeschlagenen Beine mit ihr Tango. Und nun erwachten auch die andern Puppen und nahmen am Hochzeitstanz teil.

Mariannchen und die schwarze Lolo, sogar Baby, alle hopsten sie durch die Kinderstube.

Und mit einemmal wurde auch Nesthäkchens neue Schulmappe, die schon zu morgen bereit lag, und die den ganzen Tag über ein so ernstes Gesicht gemacht hatte, von der allgemeinen Lustigkeit angesteckt.

Sie sprang vom Tisch herunter, mitten unter die tanzenden Puppen - ganz deutlich sah die Kleine es im Traum - sie begann sich zu drehen, sie tänzelte, und schließlich hopste sie am höchsten von allen, daß auch der Federkasten hin und her sprang, ja selbst die neue Federbüchse tanzte mit dem kleinen schwarzen Tintenwischkater.

So drehte sich die ganze übermütige Gesellschaft im Mondenschein, während Klein-Annemie ihrem ersten Schultage entgegenschlummerte.

*

Ja, noch schläft unser Nesthäkchen, und wenn es aufwacht, dann hat es nicht mehr viel Zeit für die Puppen, dann ist es ein kleines Schulmädel geworden. Doch davon erzähle ich euch erst im nächsten Band.

Über die Autorin:

Else Ury

* 1. November 1877 in Berlin

† 13. Januar 1943 im Konzentrationslager Auschwitz

Else Ury wuchs in einer jüdischen Berliner Tabaksfabrikantenfamilie zusammen mit drei Geschwistern auf. Anders als ihre Geschwister und die meisten ihrer Romanheldinnen erlernte Else Ury weder einen Beruf noch heiratete sie. 1906 veröffentlichte sie, nach sechsjähriger Zeitungsschreiberei, ihren ersten Mädchenroman, „Studierte Mädel", der ihre jungen Leserinnen mit Lebensentwürfen bekannt machte, die sie in Berlin noch nicht einmal verwirklichen konnten: In Preußen durften Frauen erst ab 1908 studieren.

Noch im Weltkrieg entstand der erste der zehn Nesthäkchenbände, die zwischen 1918 und 1925 erschienen und die Ury berühmt und wohlhabend machten: „Nesthäkchen und ihre Puppen". Die Serie handelt von der wohlbehütet aufwachsenden Arzttochter Annemarie, die vom „Nesthäkchen" zum „Backfisch" wird, das Medizinstudium abbricht, um einen Arzt zu heiraten, Kinder und schließlich Enkelkinder bekommt. Nesthäkchen gewinnt mit ihrer Fröhlichkeit und „Frische" alle Herzen im Sturm. Niemand kann ihr je böse sein, obwohl sie, sei es aus Unbesonnenheit oder Schalk, beständig allerlei lustigen Unfug anstellt. – Ury schrieb insgesamt 39 Bücher, die in sieben Millionen Exemplaren verbreitet waren.

Else Ury unterschied sich in entscheidenden Punkten von ihrer berühmtesten Heldin: Sie war Jüdin, sie blieb unverheiratet, und sie verdiente nicht nur ihren Lebensunterhalt selbst, sondern sie unterstützte auch ihre später verarmten Eltern mit den reichlich fließenden Einkünften aus ihren Büchern.

Die in der ausgehenden wilhelminischen Zeit und der Weimarer Republik bekannte und beliebte Kinderbuchautorin wurde als Jüdin unter dem Regime der Nationalsozialisten entrechtet, deportiert und in Auschwitz ermordet.

Made in the USA
Middletown, DE
16 December 2022

18955066R00123